柳永集

【宋】柳永 / 著
周波 / 编绘

江苏凤凰文艺出版社

图书在版编目（CIP）数据

柳永集 / (宋) 柳永著 ; 周波编绘 .
— 南京 : 江苏凤凰文艺出版社 , 2020.1
(中国诗词大家系列丛书)
ISBN 978-7-5594-4381-6

Ⅰ . ①柳… Ⅱ . ①柳… ②周… Ⅲ . ①宋词—选集 Ⅳ . ① I222.844

中国版本图书馆 CIP 数据核字 (2019) 第 287229 号

柳永集

[宋] 柳永　著　周波　编绘

总 策 划　慧源通
总 编 辑　徐运全
责任编辑　王昕宁
特约编辑　陈长元
责任校对　卓爱华
装帧设计　李志雪
出版发行　江苏凤凰文艺出版社
　　　　　南京市中央路165号，邮编：210009
网　　址　http://www.jswenyi.com
印　　刷　嘉业印刷（天津）有限公司
开　　本　880×1230毫米 1/32
印　　张　8
字　　数　150千字
版　　次　2020年1月第1版　2020年1月第1次印刷
书　　号　ISBN 978-7-5594-4381-6
定　　价　36.80元

前　言

柳永（约 984 年—约 1053 年），原名三变，字景庄，后改名柳永，字耆卿，因排行第七，又称柳七，福建崇安人，北宋著名词人，婉约派代表人物。柳永出身官宦世家，少时学习诗词，有功名用世之志。柳永十八岁离开家乡准备进京参加科举应试，但来到杭州时，沉醉于听歌买笑的浪漫生活之中，直到宋真宗大中祥符元年（1008 年），柳永二十四岁时才到达京都参加科考，但屡试不中，遂一心填词。柳永五十岁时应“恩科”试才暮年及第，历任睦州团练推官、余杭县令、晓峰盐碱、泗州判官等职，以屯田员外郎致仕，故世称柳屯田。

柳永是第一位对宋词进行全面革新的词人，也是两宋词坛上创用词调最多的词人，据统计，在宋词八百八十多个词调中，属于柳永首创或首次使用的就有一百多个，如果说李煜是宋词婉约派的开门人，那么柳永就是将婉约风格推向了鼎盛的人。在形式上，他把过去只有几十字的短令发展成为能够容纳更多内容的长调慢词；在内容上，他摆脱了官词的束缚，大胆地描写市井百姓的情调和情绪；在语言上，创造性地大量使用民间俚语，使词通俗化、口语化；在创作方向上，他改变了词的审美内涵和审美趣味，变“雅”为“俗”，他的词不仅风格浪漫多情、委婉凄美，而且通俗易懂、朗朗上口，在当时广为流传，以至于“凡有井水处，皆能歌柳词”，“柳三变作新乐府，天下咏之”的说法。在创作手法上，柳永还兼容了诗的表现手法，意境的创造、气氛的渲染，用典使事，遣词造句，无不体现了“雅”的特色，使其词呈现出雅俗并陈的特色。

柳永大力创作慢词，将敷陈其事的赋法移植于词，而且沉迷于别人不屑一顾的通俗文学当中，把创作登不上大雅之堂的慢词当作他毕生的事业，同时充分运用俚词俗语，以适俗的意象、淋漓尽致的铺叙、平淡无华的白描等独特的艺术个性，对宋词的发展产生了深远影响，即使是苏轼、黄庭坚、秦观、周邦彦等著名词人，也无不受惠于柳永。

柳永是风流的，是其生性使然，环境使然。唐宋文人，大多如此，我们不能苛求他一人免俗。柳永也是任性的，毕生爱填“属辞浮糜”之词，虽颇受鄙薄，却大力革新宋词，让词曲的交流传播，第一次从文人士大夫中跳了出来，变成了“雅俗并陈”的特色，这种任性，又何尝不是一种坚持。然而，柳永出身于仕宦家庭，书香门第，他更看重的便是入世和出仕，那也是他的另一种坚持，他一生历经六次应试，暮年方及第，为官后也颇有政绩，但是直至终老，他都困于下僚，一直未能实现“兼济天下”的宏愿。

柳永是北宋前期最有成就的词家，存世词作有《乐章集》；柳永也善诗文，但大多遗失了，存世不多。

为满足广大读者对柳永一生具有代表性作品的了解、阅读和鉴赏需求，我们精心编写了这本《柳永集》。在编写体例上，集众家之长，益独家之见，辟《原文》《注释》《译文》《创作背景》《赏析》和《轶闻异物录》六个栏目。不仅收编柳永著名的爱情词《雨霖铃·寒蝉凄切》，也收录了他许多的羁旅行役词《卜算子慢·江枫渐老》等六十首，旨在客观地、全面地向读者介绍一个有血有肉的婉约派的词人代表柳永。

本书秉承忠实于原著的思想，在《原文》《注释》《创作背景》板块中力求详实，对有争议的原文、注解或创作年代，我们也在精心考证后作出综合分析、研判，给出较符合史实及作品内容的说法，同时会附上争议者的观点，供读者研读时参考；在《译文》《赏析》和《轶闻异物录》板块中，我们在力求详实的基础上，给出了编著者个人或集体的思想和看法，而且在赏析过程中，力求挖掘原著中的美学价值及其宝贵的艺术价值、思想价值，力求客观地呈现给读者一篇艺术再创作的美文。

本书在编写过程中，参考了上海辞书出版社 2013 年 8 月第一版的《宋词鉴赏辞典》(新一版)，在此表示感谢!

由于编著者的能力所限，本书在编写过程中难免存在差错或遗漏，敬请广大读者批评指正，不胜感谢!

鉴于部分作品的作者无法取得联系，请作者自行与本书发行单位联系后，获取稿酬，万分感谢。

目　录

雨霖铃·寒蝉凄切①

寒蝉凄切，对长亭晚，骤雨初歇。都门②帐饮③无绪，留恋处，兰舟催发。执手相看泪眼，竟无语凝噎④。念去去，千里烟波，暮霭沉沉楚天阔。

多情自古伤离别，更那堪冷落清秋节！今宵酒醒何处？杨柳岸，晓风残月。此去经年⑤，应是良辰好景虚设。便纵有千种风情⑥，更与何人说？

◎注释

①凄切：这里形容蝉的叫声凄凉急切。

②都门：国都的门，这里指北宋首都汴京（今河南开封）。

③帐饮：设帐置宴饯行。“都门帐饮”语出江淹《别赋》“帐饮东都，送客金谷”。

④凝噎：喉咙哽塞，说不出话的样子。

⑤经年：一年又一年。

⑥风情：风流情意。

◎译文

萧瑟凄冷的秋天，蝉声凄凉而急促。傍晚，在京城外的长亭，一阵急雨刚停。朋友们在都门外长亭摆下酒筵为我饯行，然而面对美酒佳肴，我却毫无兴致。正依依不舍时，船家却催着出发。握着彼此的手，泪眼相对，千言万语却哽咽着说不出来。想到这一去，楚天辽阔，茫茫前路正像这黄昏云雾笼罩着的烟波——浩渺无际。

自古以来，多情的人最伤心的是离别，更何况又逢这萧瑟冷落的秋天！不知道我今晚酒醒时身在何处，怕是只有在杨柳岸边，面对凄冷的晨风和黎明的残月了。这一去多年，不能与相爱的人在一起，即使看到好风景，也没有心思去欣赏，其风景如同虚设。即使有满腹的情意，又能向谁诉说呢？

◎创作背景

北宋仁宗天圣二年（1024 年），柳永四十一岁。第四次科场落第后，他的心情郁闷至极。秋季，他愤而离开汴京，去江南漫游，在与恋人离别时写下了这首《雨霖铃》。传说，柳永的这位恋人就是被他昵称为“虫虫”的虫娘。多年后柳永再次游历江南，遍寻虫娘未见，原来虫娘早已香消玉殒，只留得孤冢荒野，也给柳永留下了无限追思。

◎赏析

这首词写的是柳永离开都城汴京城（现河南开封）时，与一位红颜知己缠绵悱恻、哀婉动人的别离情景。

上阕以悲秋景色为衬托，深刻而细致地刻画了离别的场面，抒写了与恋人难以割舍的离情。

“寒蝉凄切，对长亭晚，骤雨初歇”，点明了地点和时节，同时描写离别时的背景。“寒蝉”“长亭”“骤雨”，无处不是凄凉。尤其是“对长亭晚”这句，像中间插刀，极顿挫吞咽之致，准确地传达了这种凄凉况味。这几句通过景物的铺写渲染氛围，融情入景，暗喻离别，为下面的“都门帐饮无绪”设下伏笔。

“留恋处，兰舟催发”，以直笔写离别之紧迫，形象地刻画了典型环境与典型心理：一边是留恋情浓，一边是兰舟催发，更促使感情深化，引出了下句——“执手相看泪眼，竟无语凝噎”。这两句语言通俗、感情深挚，形象逼真，如在目前。此时无言胜过有言，更能表现出内心的悲伤。

正当恋人凝噎在喉的时候，一个“念”字承上启下，自然转景为抒情，领出对未来的想象和内心的感想。这里的去声“念”字与“去去”连用，一气流贯，遂觉去路茫茫，道路修远。

“千里烟波，暮霭沉沉楚天阔”，这两句声调和谐，景色如绘：既“烟波”，又“暮霭”，更“沉沉”，着色一层浓似一层；既“千里”，又“阔”，道路一程远似一程；道尽了恋人分手时难舍的别情。

下阕着重摹写想象中别后的孤寂、凄楚情状。

开始作者语出惊人，竟道出一条人生哲理：“多情自古伤离别！”相爱却偏偏要分离，自古就是人们无法避免的痛苦。“更那堪冷落清秋节”，却又遇上冷落凄凉的秋季，更增添了离别的伤感。“清秋节”一词回映开头“寒蝉凄切”三句秋景描写，前后照应；“更那堪”三个字，则加强了感情色彩。

“今宵酒醒何处？杨柳岸，晓风残月”，是光耀词史的名句。这三句旅途情景想象，充满了凄清的气氛，客情之冷落、风景之清幽、离愁之绵邈，完全凝聚在这画面之中。清人刘熙载在《艺概》中说：“词有点，有染。柳耆卿《雨霖铃》云‘多情自古伤离别，更那堪冷落清秋节！今宵酒醒何处？杨柳岸，晓风残月’。上二句点出离别冷落，‘今宵’二句乃就上二句意染之。点染之间，不得有他语相隔，隔则警句亦成死灰矣。”说明这四句词密不可分，相互烘托，相互陪衬，中间若插上另外一句，就破坏了意境的完整性和形象的统一性。

“此去经年，应是良辰好景虚设”，这句想象在眼前与将来、现实与推想的对比中，把痴情相思表现得更加充分。“此去”遥应上阕“念去去”，“经年”近应“今宵”，在时间与思绪上均是环环相扣，步步推进。“便纵有千种风情，更与何人说”，以问句归纳全词，犹如奔马收缰，有住而不住之势；又如众流归海，有尽而未尽之致。

这首词在艺术上颇具特色，运用情景交融的手法，把离别的感受，通过具有画面性的境界表现出来，构成一种诗意美的境界，给人以强烈的艺术感染。全词遣词造句不着痕迹，起承转合自然流畅，情景交融，蕴藉深沉，将情人惜别时的真情实感表达得缠绵悱恻、凄婉动人，不愧是抒写别情的千古名篇，也是柳词和婉约词的代表作品。

◎轶闻异物录

长亭

亭是一种顶部为多角形状、有顶无墙的中国传统建筑，多建于路旁，供行人休息、乘凉。

亭起源于周代，秦汉时期，在乡村大约每十里设一亭，负责给驿传信使提供馆舍、给养等服务，后来成为人们郊游驻足和远别相送之地。“送君十里长亭”是古人送别的经典场面。经过文人的诗词吟咏，“十里长亭” 逐渐演变成送别地的代名词。

因为长亭、杨柳、南浦等词在古人送别诗词中经常出现，因而被赋予了特定的含义，成为送别诗词中最具代表性和象征性的词。

蝶恋花·伫[①]倚危楼[②]风细细

伫（zhù）倚危楼风细细，望极春愁，黯黯[③](àn)生天际。草色烟光残照里，无言谁会凭阑意。

拟把[④]疏狂[⑤]图一醉，对酒当歌[⑥]，强乐[⑦]还无味。衣带渐宽[⑧]终不悔，为伊消得人憔悴。

◎注释

①伫：久立，长时间地站着。

②危楼：高楼。

③黯黯：迷蒙不明。

④拟把：打算、计划。

⑤疏狂：粗疏狂放，不受拘束。

⑥对酒当歌：语出曹操《短歌行》，原意是人生时间有限，应该有所作为。这里用来指及时行乐。

⑦强乐：强颜欢笑。强：勉强。

⑧衣带渐宽：指人逐渐消瘦。源自汉代《古诗》："相去日已远，衣带日已缓。"

◎译文

我伫立在高楼上，春风轻轻地迎面吹来。极目远望，不尽的愁思从遥远的天际黯然升起。夕阳斜照着一望无际的绿草，谁能理解我默默凭倚栏杆的心意？

本想尽情放纵喝个一醉方休，但当举杯高歌、勉强欢笑时才感到毫无兴致。因为相思使我日渐消瘦，衣服也显得越来越宽松，但是我始终不后悔。为了她，我宁愿被相思折磨得瘦骨嶙峋、憔悴老去也在所不惜。

◎创作背景

这首词大概是柳永晚年的作品，具体创作年份暂不可考。当时柳永望着满眼的春色，回想年轻时的疏狂放浪，有感而发，写下了这首词。

◎赏析

这首词表达了作者漂泊异乡的落魄感受与怀恋意中人的相思之愁。

上阕写登高望远所引起的无尽离愁。“伫倚危楼风细细”，一下绘出主人公的形像和处境，“危楼”更渲染出凄楚悲凉的气氛。

“望极春愁，黯黯生天际”，这里不说“春愁”潜滋暗长于心田，反说它从遥远的天际生出，一方面是力避庸常，试图化无形为有形，变抽象为具象，增加画面的视觉性与流动感；另一方面也是因为其“春愁”是由天际景物触发所至。那天际的春草牵动词人的“春愁”究竟是什么呢？词人却不再多说。

“草色烟光残照里”，描写望断天涯时所见一种极为萋美的景色：夕阳的余辉下，春草如茵闪烁着一层迷蒙的如烟似雾的金色。“残照”又增加了一层感伤的色彩，为下一句抒情定下了基调。

“无言谁会凭阑意”回应首句“伫倚危楼风细细”。作者久久地站立在楼头眺望，时已黄昏还不忍离去，因为没有人理解他登高远望的“凭阑意”。“无言”像有万千思绪，更加重了“春愁”的滋味。

下阕写主人公为消释“春愁”，苦中求乐，却终觉无味。首句：“拟把疏狂图一醉，对酒当歌，强乐还无味”，作者写他如何苦中求乐，既然“愁”是痛苦的，那还是把它忘却，自寻开心吧。他深深体会到了“春愁”难以排遣，所以他想借酒浇愁，不仅要痛饮，还要“对酒当歌”，借放声高歌来抒发他的愁怀，但是结果却是“强乐还无味”：这“一醉”并没有抑制住他的“春愁”至此，作者才透露这种“春愁”是一种坚贞不渝的感情。他的满怀愁绪之所以挥之不去，正是因为他不仅不想摆脱这“春愁”的纠缠，甚至还心甘情愿地为“春愁”所折磨。

结尾“衣带渐宽终不悔，为伊消得人憔悴”，两句以健笔写柔情，自誓甘愿为思念伊人而日渐消瘦与憔悴。“终不悔”表现了主人公的坚毅性格与执着的态度。这也正是柳永一种锲而不舍的坚毅性格和执着态度。

这首词采用“曲径通幽”的表现方式，写景抒情，巧妙地把飘泊异乡的落魄感受，同怀恋意中人的缠绵情思融为一体。词紧拓“春愁”即“相思”，却又迟迟不肯说破，只是从字里行间透露出一些消息，眼看要写到了却又煞住，掉转笔墨，如此影影绰绰、扑朔迷离、千回百折，直到最后一句才使真相大白，词境也得以升华。

◎轶闻异物录

王国维《治学三境界》

近代著名学者王国维（1877年—1927年）在《人间词话》说：“古今之成大事业、大学问者，必经过三种之境界：‘昨夜西风凋碧树。独上高楼，望尽天涯路’，此第一境也；‘衣带渐宽终不悔，为伊消得人憔悴’，此第二境也；‘众里寻他千百度，蓦然回首，那人却在，灯火阑珊处’，此第三境也。”

“昨夜西风凋碧树。独上高楼，望尽天涯路”，此词句出晏殊的《蝶恋花》，原意是：我上高楼眺望所见的萧飒秋景，西风黄叶，山阔水长。

王国维把此句中解成：做学问成大事业者，首先要有执着的追求，登高望远，瞰察路径，明确目标与方向，了解事物的概貌。

“衣带渐宽终不悔，为伊消得人憔悴”，原是北宋柳永《蝶恋花》最后两句词，是表现作者爱的艰辛和爱的无悔。王国维用这两句来比喻成大事业、大学问者，不是轻而易举，随便可得的，必须坚定不移，经过一番辛勤劳动，废寝忘食，孜孜以求，直至人瘦衣宽也不后悔。

“众里寻他千百度，蓦然回首，那人却在灯火阑珊处”，源自辛弃疾的词《青玉案·元夕》，指苦苦寻找的人原来近在咫尺。王国维用来比喻：要达到第三种境界，必须经历前面两种境界，有专注的精神，反复追寻、研究，下足功夫，最终自然会融会贯通，此时再回首来时之路，便有豁然开朗之感。

望海潮·东南形胜[1]

东南形胜，三吴[2]都会，钱塘[3]自古繁华。烟柳画桥，风帘翠幕，参差[4]（cēn cī）十万人家。云树绕堤沙，怒涛卷霜雪，天堑[5]无涯。市列珠玑[6]，户盈罗绮，竞豪奢。

重湖[7]叠巘[8]（yǎn）清嘉，有三秋[9]桂子，十里荷花。羌（qiāng）管弄晴，菱歌泛夜，嬉嬉钓叟莲娃。千骑拥高牙[10]，乘醉听箫鼓，吟赏烟霞。异日图将好景，归去凤池[11]夸。

◎注释

① 形胜：地理位置重要。

② 三吴：即吴兴、吴郡、会稽三郡，这里泛指江南吴地。

③ 钱塘：古时的一个县，在今浙江杭州。

④ 参差：指房屋高低不一致。

⑤ 天堑：天然形成的隔断交通的大壕沟。这里指钱塘江。

⑥ 珠玑：珠是珍珠，玑是一种不圆的珠子。这里泛指珍贵的商品。

⑦ 重湖：白堤将西湖分为里湖和外湖，所以作者用“重湖”来代指西湖。

⑧ 巘：山峰、山顶。

⑨ 三秋：指秋季第三个月，即农历九月。

⑩ 高牙：高矗的牙旗。牙旗，古代军中将军旗，竿上饰有象牙，称为牙旗。这里指高官孙何。

⑪ 凤池：全称凤凰池，原指皇宫禁苑中的池沼。此处指朝廷。

◎译文

这里地处东南，地理位置重要，是三吴的都会。钱塘自古以来就十分繁华。如烟的柳树、彩绘的桥梁，飘扬的风帘、绿色的帐幕，大约十万户人家的房屋参差排列。高耸入云的大树环绕着钱塘江沙堤，奔腾的潮水卷起像霜雪一样白的浪花，江面宽阔，一望无际。市场上陈列着琳琅满目的珠玉珍宝，家家户户都是富有的，存满了绫罗绸缎。

西湖、重重叠叠的山岭都是如此清秀美丽。秋天桂花飘香，夏季十里荷花。人们在晴天吹奏羌笛，夜晚划船采菱唱歌，钓鱼的老翁、采莲的姑娘都嬉笑颜开。威严的长官被上千骑兵簇拥着归来。酒已尽兴，醉听箫鼓，吟诗作词，欣赏美景。他日把这美好的景致描绘出来，回京升官时向朝中的人们夸耀。

◎创作背景

北宋真宗咸平六年（1003年），孙何任两浙转运使，门禁甚严。根据罗大经《鹤林玉露》所载，为了见孙何，二十岁的柳永写了这首《望海潮·东南形胜》，请一位歌女在孙何家的宴会上演唱。此词一出，即广为传诵，柳永因此名噪一时。

◎赏析

这首词描写了杭州的繁荣富庶与美丽的景象。

上阕描写杭州的自然风光和都市的繁华。“东南形胜，三吴都会，钱塘自古繁华。”以鸟瞰式的视角先描写了杭州的全貌，点出杭州重要的位置、悠久的历史、城市的繁华富庶。

接下来，词人从各个方面描写杭州的形胜与繁华。

“烟柳画桥，风帘翠幕，参差十万人家”，“烟柳画桥”写街巷河桥的美丽；“风帘翠幕”写居民住宅的雅致；“参差十万人家”表现出整个都市户口的繁庶。

“云树绕堤沙”，描写钱塘江堤上行行树木，远远望去郁郁苍苍，犹如云雾一般。一个“绕”字，写出长堤迤逦曲折的态势。“怒涛卷霜雪，天堑无涯”，写钱塘江水的澎湃与浩荡。“怒涛”写江潮来势之猛；“卷霜雪”写“怒涛”的具体形象；“天堑无涯”写了江潮“吞天沃日”的气势。

“市列珠玑，户盈罗绮，竞豪奢”，这几句抓住城市特征来描写，用“市列珠玑”和“户盈罗绮”几个字把杭州市场的繁荣、市民的殷富反映出来。“竞豪奢”反映了繁华都市穷奢极欲的一面。

下阕重点描写西湖，展现了北宋时杭州人民和平宁静的生活景象。

“重湖叠巘清嘉”描写湖山之美，用“清嘉”二字作总结。接下来以工整的一联“三秋桂子，十里荷花”描写了杭州不同季节的两种花：山上的桂子、湖中的荷花。这两句也高度凝炼地把西湖以至整个杭州最美的特征概括出来。

“羌管弄晴，菱歌泛夜，嬉嬉钓叟莲娃”，生动地描绘了一幅国泰民安的游乐图卷。“羌管弄晴，菱歌泛夜”对仗工稳，情韵悠扬，“泛夜”“弄晴”互文见义，描写出不论白天或是夜晚西湖上都荡漾着优美的笛曲和采菱的歌声。“泛”即表示湖中的船上。“嬉嬉钓叟莲娃”中的“嬉嬉”二字则将吹羌笛的渔翁、唱菱歌的采莲姑娘的欢乐神态作了栩栩如生的描绘。

“千骑拥高牙”写出了人物的身份，以及出游时随从的众多，表现出官员的显赫威势。“乘醉听箫鼓，吟赏烟霞”写宴游之乐。词的最后两句“异日图将好景，归去凤池夸”是对官员的祝愿：等到升官的时候，杭州美好的景色可以向同僚们夸耀一番。

这首词艺术构思上匠心独具，以点带面，明暗交叉，铺叙晓畅，形容得体；写景之壮伟、声调之激越，与苏东坡相去不远。特别是由数字组成的词组，如“三吴都会”“十万人家”“三秋桂子”“十里荷花”“千骑拥高牙”等词的运用，或为实写，或为虚指，均带有夸张的语气，是柳永的一首传世佳作。

◎轶闻异物录

一首词差点引发了一场战争

作为北宋著名的词作家，柳永的词在当时一经写出便能传遍全国。所以，这首词唱出没多久就传到了北方。相传金主完颜亮读了这首词，被词中的“三秋桂子，十里荷花”等描绘钱塘繁华的景象所陶醉，即引起了他“投鞭渡江”侵吞南宋的野心。只是等到他打到了长江边上，在内部发生兵乱被杀，才避免了一场战祸。由此故事可见这首词的艺术感染力之强。

八声甘州·对潇潇[1]暮雨[2]洒江天

对潇潇暮雨洒江天，一番洗清秋。渐霜风凄紧[3]，关河[4]冷落，残照当楼。是处[5]红衰翠减[6]，苒苒[7]物华[8]休。唯有长江水，无语东流。

不忍登高临远，望故乡渺邈[9]，归思难收。叹年来踪迹，何事苦淹留[10]？想佳人，妆楼颙（yóng）望[11]，误几回、天际识归舟。争[12]知我，倚阑干处，正恁凝愁[13]！

◎注释

①潇潇：形容雨声急骤。

②暮雨：傍晚的雨。

③凄紧：一作“凄惨”。

④关河：关塞、河川。这里泛指山河。

⑤是处：处处。

⑥红衰翠减：红花绿叶，凋残零落。形容秋天百花凋零的景象。翠：一作“绿”。

⑦苒苒：草木茂盛的样子。一说，同“冉冉”，相当于“渐渐”。

⑧物华：美好的景物。

⑨渺邈：遥远。

⑩淹留：久留。

⑪颙望：凝望。一作“长望”。

⑫争：如何。

⑬凝愁：凝结不解的深愁。

◎译文

看着潇潇暮雨从天空洒落在江面上，一番风雨洗出一个凄清的秋天。凄凉的霜风一阵紧似一阵，关山江河一片冷清萧条，落日的余辉照耀在高楼上。到处红花凋零、翠叶枯落，一切美好的景物渐渐地衰败了。只有那滔滔的长江水，默默地向东流淌。

不忍登高遥视远方，眺望渺茫遥远的故乡，渴求回家的心思难以收拢。叹息这些年来的行踪，为什么苦苦地长期停留在异乡？想起美人，正在华丽的楼上抬头凝望，多少次错把远处驶来的船当作心上人归来的船。她哪会知道远方的我，正倚着栏杆，愁思如此的深重。

◎创作背景

宋仁宗明道元年（1032 年），柳永在渭南一带漫游，想起自己坎坷的求仕经历，有感而发，写下了这首词。

◎赏析

这首词表达了作者怀才不遇的愤懑和长年羁旅的痛苦。

上阕写作者于清秋薄暮时分登高临远，在景物描写中融注深深的悲凉之感，使大自然浓郁的秋气与内心的悲哀感慨完全融合在一起，酣畅淋漓。

“对潇潇暮雨洒江天，一番洗清秋”，先用一个“对”字引出一幅暮秋傍晚的秋江雨景。“潇”和“洒”字让人仿佛听到了雨声，看到了下雨的状态。“洗”字生动真切地表达出雨后清新的景象。

“渐霜风凄紧，关河冷落，残照当楼”，连用三个排句勾勒出一幅深秋雨后悲凉的图景，进一步烘托出凄凉萧索的气氛——“霜风”的寒冷，“关河”的孤单，“残照”的凄凉。可谓景中有情，情景交融，苍茫辽阔，境界雄浑，所写的每一个景色里都渗透着天涯游客的忧郁伤感，连一向鄙视柳词的苏轼也赞叹“此语于诗句不减唐人高处”。

“是处红衰翠减，苒苒物华休”，作者没直接抒发感情，而是用写景来暗示、寄托了对韶华易逝的感慨。

“唯有长江水，无语东流”，借用李白《送孟浩然之广陵》的“唯见长江天际流”的孤独意境。

下阕由写景转入抒情，写对故乡亲人的怀念。

“不忍登高临远，望故乡渺邈，归思难收”，即景抒情，表达想念故乡而又不忍心登高，怕引出更多的乡思的矛盾心理。“不忍”二字是词意的转折，也是感情的委婉，从而引出全词的中心思想“望故乡渺邈，归思难收”；接着用“叹年来踪迹，何事苦淹留”向自己发问，流露出不得已而淹留他乡的凄苦之情。一个“叹”字所传出的是千思百回的思绪和回顾茫然的神态，既准确又传神，且有问无答，及其含蕴。

“想佳人，妆楼颙望”，从对方写起，与自己倚楼凝望相对照，进一步写出了两地想念之苦，照应上阕寂寞凄清的景象。“误几回，天际识归舟。”明明是自己思乡，却设想着故乡中的家人正盼望着自己归来。把本是想象的虚写描写得仿佛真有其事，使情思更加悱恻动人。

“争知我，倚阑干处，正恁凝愁”，从设想对方再回到自己，化虚为实，空灵曲折。“倚阑”与上句“颙望”相呼应。“凝愁”生动地表现了思乡之苦和怀人之情。

全词一层深一层，一步接一步，以铺张扬厉的手段，曲折委婉地表现了作者的羁旅之情，通篇结构严密，迭宕开阖，呼应灵活，首尾照应，很能体现柳永词的艺术特色。

◎轶闻异物录

甘州

甘州，即现在甘肃省张掖市甘州区，南依祁连山、北靠合黎山，是古丝绸之路南北两线的交汇点，历来为河西走廊重镇、商旅必经之地。

据记载，在夏商至春秋战国时期，甘州原为羌、戎、狄等少数民族居住地；汉武帝元鼎六年（前111年），武帝取“张国臂掖，以通西域”之义设置张掖郡；西魏恭帝元年（554年），因甘泉清洌改名为甘州；元世祖至元十八年（1281年），元始祖忽必烈在甘州设甘肃行中书省，乃为甘肃建省之始，也是甘肃省命名的由来。

满江红[1]·暮雨初收

暮雨初收，长川[2]静、征帆[3]夜落[4]。临岛屿、蓼（liǎo）烟[5]疏淡，苇风[6]萧索[7]。几许[8]渔人飞短艇[9]，尽载灯火归村落。遣[10]行客[11]、当此念回程，伤漂泊。

桐江[12]好，烟漠漠[13]。波似染，山如削。绕严陵滩[14]畔，鹭飞鱼跃。游宦[15]区区成底事[16]，平生况有云泉约[17]。归去来[18]、一曲仲宣[19]吟，从军乐[20]。

◎注释

①满江红：词牌名，唐人小说《冥音录》载曲名为《上江虹》，后改今名。柳永始填此调，有仄韵、平韵两体。

②长川：长的河流。

③征帆：远行的船。

④落：停留。

⑤蓼烟：笼罩着蓼草的烟雾。蓼：水蓼，一种生长在水中或水边的植物。

⑥苇风：吹拂芦苇的风。

⑦萧索：风雨吹打树叶的声音。

⑧几许：有几个。

⑨短艇：轻快的小船。

⑩遣：使，令。

⑪行客：词人自称。

⑫桐江：在今浙江桐庐县北，即钱塘江中游自严州至桐庐一段的别称，又名富春江。

⑬漠漠：云烟密布的样子。

⑭ 严陵滩：又名严滩、严陵濑，在桐江畔。

⑮ 游宦：外出求官或作官。

⑯ 底事：何事。

⑰ 云泉约：与美丽的景色相约，引申为归隐山林的意思。云泉：白云清泉，借指胜景。

⑱ 归去来：赶紧回去吧。陶潜著《归去来兮辞》来抒发归隐的志向，所以"归去来"是归隐的典故。

⑲ 仲宣：东汉末年的王粲的字。王粲初依荆州刘表，未被重用，作《登楼赋》，以抒发眷恋故乡、怀才不遇的心情。后被曹操重用，跟随曹操南征孙权。

⑳ 从军乐：即《从军行》。王粲曾作《从军行》五首，主要抒发行役的辛苦和思妇的情绪。

◎译文

傍晚的落雨刚刚停止，桐江一片寂静，远征的航船在夜幕中靠岸停泊。对面的岛屿上，水蓼稀疏，雾霭寒凉，秋风吹拂芦苇萧索作响。有几个渔人行驶着小船飞快地回归村落。面对这种情景，我这旅客不禁起了回归家园的想法，对漂泊的生活产生了厌倦而忧伤的情绪。

桐江景色美丽，雾霭漠漠密布，水波好似浸染过一样，山峰如刀削一般，白鹭和鱼儿围绕严陵濑飞翔和跳跃。游宦生涯跋涉辛苦一事无成，何况早就有归隐云山泉石的心愿。归隐吧，羡慕渊明的躬耕田园，厌倦仲宣的从军艰苦。

◎创作背景

宋仁宗景佑二年（1035 年），柳永五十二岁，由汴京赴睦州任团练推官。当时睦州知州吕蔚向朝廷举荐柳永，因"未有善状"受阻。这给刚入仕途的柳永在心灵上笼罩上了一层阴影，使他对仕途产生了厌倦之情，于是写下了这首词。

◎赏析

这首词抒发了柳永对游宦生涯的厌倦和对归隐生活的向往之情。

上阕前半段写傍晚雨后萧瑟之情，后半段写渔人归家之景，从而抒发词人归思之情。“暮雨初收，长川静、征帆夜落”，首先描写了野外雨后清冷的秋夜，为全词奠定了“伤漂泊”的感情基调；接着“临岛屿、蓼烟疏淡，苇风萧索”更进一步衬托凄清的气氛。景色的凄凉透露着作者心境的凄凉，蕴含着作者无限的哀情。

这时词人突然笔调一扬，由静态变为动态：“几许渔人飞短艇，尽载灯火归村落”，渔人飞艇，日暮归家，一幅动态的画面呈现在眼前。这里以动景反衬上面的静景，使环境显得更加静寂。一个“飞”字和“尽”字，把渔人着急回家的心情表现得极具神韵，又同时引出下句，反衬出漂泊者的孤独和凄苦。“遣行客、当此念回程，伤漂泊”，词人多么渴望结束这种羁旅行役生活，回去享受温暖的家庭生活。

下阕写桐江一带的奇山异水，引发词人倦于游宦的心绪及渴望归隐的愿望。上阕是夜泊，下阕是早行，开头仍从景写起：“桐江好，烟漠漠。波似染，山如削。绕严陵滩畔，鹭飞鱼跃”，这几句对仗工整，语意连贯，一气呵成。面对桐江生动美丽的景色，作者愁苦的心情似乎好起来，但也引发了对于游宦生活的厌倦情绪：“游宦区区成底事，平生况有云泉约”，词人在这里不禁缅怀古代的隐士严光，并引出词末渴望归隐的感叹：“归去来、一曲仲宣吟，从军乐”，用王粲《从军乐》表明自己再不想忍受行役之苦了。

这首词以抑扬有致的节奏表现激越的情绪，情景兼融，脉络清晰多变，感情愈演愈烈，读来倍觉委婉曲折、荡气回肠，不愧是一首书写羁旅行役之苦的好词。

◎轶闻异物录

东汉著名隐士——严光

严光(前39—41年),又名遵,字子陵,会稽余姚(今浙江省余姚市)人，东汉著名隐士。

严光与东汉光武帝刘秀是同学,也是好友。他曾积极帮助刘秀起兵，事成后却归隐著述，设馆授徒。刘秀即位后，多次延聘严光，但他却隐姓埋名，退居富春山。严子陵这种不慕富贵、不图名利的思想品格，一直受到后世的称誉。范仲淹撰写的《严先生祠堂记》,有“云山苍苍，江水泱泱。先生之风,山高水长”的赞语,使严光以高风亮节而闻名天下。

定风波·自春[1]来

自春来、惨绿愁红[2]，芳心是事可可[3]。日上花梢，莺穿柳带，犹压香衾卧。暖酥[4]消，腻云亸[5](duǒ)。终日厌厌倦梳裹[6]。无那[7]！恨薄情一去，音书无个。

早知恁么[8]。悔当初、不把雕鞍[9]锁。向鸡窗[10]、只与蛮笺（ jiān ）象管[11]，拘束教吟课。镇[12]相随，莫抛躲。针线闲拈伴伊坐。和我。免使年少，光阴虚过[13]。

◎注释

①春：入春。

②惨绿愁红：红花绿叶都带着愁容，这实际上是人的一种感受。

③可可：无关紧要，不在意。

④暖酥：女子酥软的肌肤。

⑤腻云亸：头发散乱。亸：下垂。

⑥梳裹：梳妆打扮。

⑦无那：无奈。

⑧恁么：这样。

⑨雕鞍：雕刻花纹的马鞍。借指坐骑。

⑩鸡窗：指书斋。

⑪蛮笺象管：纸和笔。蛮笺：古时四川所产的彩色笺纸。象管：象牙做的笔管，这里指珍贵的毛笔。

⑫镇：整天。

⑬光阴虚过：时光白白度过。

◎译文

自入春以来，但见那红花绿叶，觉其全带着愁苦，每件事都让我毫无兴趣。太阳已升到了花树梢头，黄莺已在柳条间鸣啼穿梭，我还在锦被里躺着。腰身消瘦了，秀发低垂散乱，整天无精打采，懒得打扮自己。真无奈，可恨那薄情郎一去之后，从不把书信捎。

早知如此，后悔当初没有把他的宝马锁起来。真该把他留在书房里，只让他与彩笺毛笔为伍，让他吟诗作功课。就这样，他与我日日紧相随，不分开。我手拿着针线与他相倚相挨。我们要快快活活长厮守，免得使青春年少的光阴虚度。

◎创作背景

这首词具体创作时间待考。据《宋艳》记载，柳永因仕途不顺，找宰相晏殊抱怨，说宰相您也可以写情词啊！晏殊对柳永说："殊虽作曲子，不曾道'彩线闲捻伴伊坐。'"晏殊所引用的就是这首词。因柳永经常应歌妓的约请作词，供歌妓在茶坊酒馆、勾栏瓦肆里为市民大众演唱。因此，他一改文人词的创作风格，而用市民大众容易理解的语言、易于接受的表现方式，着力表现他们所熟悉的人物、所关注的情事。这首词就是柳永俚词的代表之作。

◎赏析

这首词具有鲜明的民间风味，词人通过大胆而直接地抒写独守空闺的少妇那百无聊赖的心绪，反映出其思念怨恨的矛盾心理。

上阕通过艳丽春光和良辰美景来衬托少妇的孤寂之情。"自春来、惨绿愁红，芳心是事可可"，首先描写春回大地，万紫千红，可是女主人公却因此反而增愁添恨；尽管窗外已是红日高照、韶景如画，可她却只管懒压绣被、不思起床。

“暖酥消，腻云亸。终日厌厌倦梳裹”，写肌肤消瘦，懒于梳妆打扮。这和《诗经．卫风·伯兮》“自伯之东，首如飞蓬，岂无膏沐，谁适为容”的精神是一致的。最后“无那！恨薄情一去，音书无个”，揭示出这位女主人公之所以“倦梳裹”的真正原因。上阕用一种倒叙手法，通过三个情景的递进描写很自然地引出后面的内心活动和感情的直接抒发。

下阕则是女主人公对理想中的爱情生活的设想和追求。“早知恁么。悔当初、不把雕鞍锁”，一个“悔”字反映出这位女主人公的悔恨之情，继而又用“锁”字烘托出感情的真挚、热烈与性格的泼辣；接着女主人公说出自己的理想就是让心上人安安稳稳地吟诗诵书，自己在一旁温存相伴，过一份静谧、温馨的正常人的生活。

这首词，作者没有采取传统的比兴手法，也不运用客观地具体形象来比喻和暗示自己对爱情的炽烈与坚贞，而是采取泼辣的笔触，直接抒写感情和咏叹理想，把感情的热烈奔放烙上赤裸无遗的色彩，赋予了词的一种大众性。这也是作者的又一词作艺术手法的创新。

◎轶闻异物录

鸡窗

“鸡窗”一词源自南朝宋刘义庆著的《幽明录》：“西晋时兖州刺史、沛国公宋处宗买得一长鸣鸡，爱养甚至，恒笼著窗间。鸡遂作人语，与处宗谈论，极有言智，终日不辍。处宗因此言巧大进。”后以“鸡窗”指书斋。例如：唐罗隐《题袁溪张逸人所居》诗有：“鸡窗夜静开书卷，鱼槛春深展钓丝。”

浪淘沙慢·梦觉

梦觉、透窗风一线，寒灯吹息。那堪[①]酒醒，又闻空阶，夜雨频滴。嗟因循[②]，久作天涯客。负佳人，几许盟言[③]，便忍把，从前欢会，陡顿[④]翻成忧戚。

愁极。再三追思，洞房深处，几度饮散歌阑，香暖鸳鸯被，岂暂时疏散，费伊心力。殢(tì)云尤雨[⑤]，有万般千种，相怜相惜。

恰到如今，天长漏永[⑥]，无端自家疏隔[⑦]。知何时、却拥秦云[⑧]态，愿低帏[⑨]昵[⑩]枕，轻轻细说与，江乡夜夜，数[⑪]寒更[⑫]思忆。

◎注释

① 那堪：怎堪；怎能禁受。

② 因循：不振作的意思；迟延拖拉，漫不经心。

③ 盟言：山盟海誓的话。

④ 陡顿：突然。

⑤ 殢云尤雨：贪恋男女欢情。殢：困于，沉溺于。

⑥ 漏永：指夜深。漏：古时滴水计时的器皿。

⑦ 疏隔：疏远隔绝，分离。

⑧ 秦云：即秦楼云雨，形容男欢女爱。

⑨ 低帏：放下帏帐。

⑩ 昵：亲近，亲昵。

⑪ 数：数着。

⑫ 寒更：寒夜的更点。

◎译文

一觉醒来时，一缕寒风透过窗棂吹进房中，把孤灯吹熄。

酒醒后的凄凉本已难耐，又听见屋外台阶上的落雨点点滴滴。可叹我迁延漂泊，孑然一身，沦落天涯。如今想起来，真是辜负了佳人的一片真情，多少山盟海誓竟成空言。又怎能忍心把从前的两情欢愉，陡然间变成眼下这孤独忧戚。

愁闷之极！反复地回忆，想当初那洞房深处，多少次宴饮散，歌舞歇，芳香温暖的鸳鸯被，岂是暂时离散，便使她耗尽心力？万种柔情，缠绵无尽，两情相悦相依相惜。

如今漫漫长夜漏壶永滴，就这样两地相思千里隔绝。我真是自寻离愁，却让你牵肠挂肚徒增悲凄。不知要等到哪天才能重聚。到那时，我会轻轻细说告诉你，在这偏远的寒江水乡，我夜夜难眠，数着寒更把你思念，把你惦记。

◎创作背景

柳永因久羁他乡，不能与恋人欢聚，于是他把羁旅之苦和相思之苦交织在一起，写下了这首忧伤的浪子悲歌。词的具体创作时间待考证。

◎赏析

这首词共三阕，以追忆昔日欢情为主脉，委婉曲折地诉说征客缠绵凄楚的相思之情。

上阕写主人公夜半酒醒时的忧戚情思。词从“梦觉”写起，说窗风吹息寒灯，夜雨频滴空阶，可知并非天亮觉醒，而是夜半酒醒。其间，于“灯”之前加一“寒”字，于“阶”之前加一“空”字，通过所见、所闻的客观物景表达主观情感色彩，体现了主人公凄凉孤寂的心理状态。而“那堪”“又”“频”，层层递进，让读者能亲身感受到主人公当时凄凉孤寂的心境。“嗟因循，久作天涯客”。这里主人公发出感叹，原来这才是造成他凄凉孤寂的根源。因为久作天涯客，辜负了当时和佳人的山盟海誓，从前的欢会情景，今夜里一下子都变成了忧愁与凄戚。

中阕追思以往相怜相惜之情事。用“愁极”接第一阕末的“忧戚”，十分自然地转入对于往事的“追思”。所思佳人，由“饮散歌阑”句来看，可知是一位待宴歌妓。从“再三”“几度”句中可以知两人的爱恋已有很长时间，由此可知，主人公夜半酒醒时为什么会这样忧戚啊！

下阕写眼下的相思情景。从回忆过去回到眼下“天长漏永”通宵不眠的现实当中来。“无端自家疏隔”是悔恨当初不该出游，又设想两人相聚后的情景……到此，作者即立刻停笔，结束全词，给读者一种意犹未竟的感觉。

这首词是柳永创制的慢词，全词一百三十五字，共三阕，从不同角度、不同方位，多层次、多姿态地展现主人公的心理状态和情思活动，具有一定的立体感。这首词也证明了柳词从创作方向上改变了文人词的审美内涵和审美趣味，变“雅”为“俗”，着意运用通俗化的语言来表现世俗化的市民生活情调。

◎轶闻异物录

两个秦楼

第一个秦楼是秦穆公为他的女儿弄玉所建的楼宇，亦名凤楼。相传秦穆公女弄玉，好个乐；萧史善吹箫作凤鸣，秦穆公以弄玉妻之，为之作凤楼。后泛指仙女或公主所居的楼台，又成为歌舞场所或妓馆的别名。

第二个秦楼是苏东坡所建。张岱《西湖梦寻》西湖中路之秦楼篇记载：秦楼初名水月楼，东坡建，常携朝云至此游览。壁上有三诗，为坡公手迹。兵燹之后，其楼已废，变为民居。

少年游·长安古道马迟迟[1]

长安古道马迟迟，高柳乱蝉嘶[2]。夕阳鸟外[3]，秋风原[4]上，目断[5]四天垂[6]。

归云[7]一去无踪迹，何处是前期[8]？狎兴[9]生疏，酒徒[10]萧索[11]，不似少年时[12]。

◎注释

①马迟迟：马行缓慢的样子。

②乱蝉嘶：一作“乱蝉栖”。

③夕阳鸟外：夕阳隐没在飞鸟的后面。

④原：乐游原，在长安西南。

⑤目断：极目望到尽头。

⑥四天垂：意思是天空如垂下幕帐。

⑦归云：飘逝的云彩。这里比喻往昔经历而现在不可复返的一切。此句一作“归去一云无踪迹”。

⑧前期：以前约定的日期。

⑨狎兴：游乐的兴致。狎：亲昵而轻佻。

⑩酒徒：酒友。

⑪萧索：零散，稀少。

⑫少年时：又作“去年时”。

◎译文

我在长安路上骑马慢行，高大的柳枝上有蝉儿在鸣叫。乐游原上秋风阵阵，夕阳隐在飞鸟之后。极目四望，天空像幕帐四垂。

逝去的一切无法再挽回，以前的约定何处去寻找？游乐的兴致早已经消失，那些一起喝酒的朋友也已散去，再也无法找回少年时的心境了。

◎创作背景

宋仁宗天圣九年（1031年），柳永在关中一带漫游。此时的已他上了年纪，又一直未谋到一官半职，对于冶游之事已失去了当年的意兴，于是写下了这首《少年游》。

◎赏析

这首词以深秋的长安为背景，触目伤怀，抒发了词人“秋士易感”的失志之悲和离愁别恨。

上阕通过描写秋景来抒发心中的悲慨。

“长安古道马迟迟”中的“长安”，借指首都所在之地。长安道上来往的车马,借指对名利禄位的争逐。“道”前加一“古”字，则说明在长安道上奔驰的车马自古就有，有无限沧桑的意思。“马迟迟”与在“长安道”上争逐的车马形成了一种强烈的对比，意蕴深远，既表现了词人对名利禄位争逐之事早已心灰意冷，也表现了一种对今古沧桑的深沉感慨。

“高柳乱蝉嘶”写秋蝉之嘶鸣独具有一种凄凉，也表现出时节变易、萧瑟惊秋的悲哀。“蝉嘶”之前加一“乱”字，不仅表现了蝉声缭乱众多，也暗示了词人的心情缭乱。“高柳”不仅表示蝉的所在，又表现了“柳”树老枝的零落萧疏，总体给人凄凉烦噪之感。

“夕阳鸟外，秋风原上，目断四天垂”，写词人在秋日效野所见的萧瑟凄凉景象。“夕阳鸟外”表现了郊原之寥阔无垠，飞鸟隐没在长空之外，而夕阳隐没则更在飞鸟之外。“秋风原上”描写值此日暮时郊原上寒风四起。此景此情中，一位失志落魄的词人，又将何所归何处呢？“目断四天垂”写眼前所见：天苍苍，野茫茫，双目望断而终无一归处。上阕从外界的景象着笔写今日的飘零落魄，望断念绝，感慨极深。

下阕写对于过去的追思，感慨一切希望与欢乐不再重来。

“归云一去无踪迹”，以“归云”为喻象，对一切消逝不可复返之事物的感慨，与下句“何处是前期”互相呼应。“前期”指曾经的理想和旧日欢爱的约期，这两种期待和愿望，都已经落空了。

“狎兴生疏，酒徒萧索，不似少年时”，直写自己今日的寂寥落寞。早年失意之时“幸有意中人，堪寻访”的狎玩之意兴，今既已经冷落荒疏，而当日与他在一起歌酒流连的“狂朋怪侣”也都已老大凋零。志意无成，年华一往，于是便只剩下了“不似少年时”的悲哀和叹息。最后的“不似少年时”气脉贯注，形象传神地表达了伤今感昔的慨叹。

这首小词与柳永的一些慢词一样，所写的也是秋天的景色，但是在情调方面却失去了那一份高远飞扬的意兴，也消逝了那一份对男女感情的迷恋眷念。全词弥漫的只是一片低沉萧瑟的色调。

全词不事雕琢，采用白描手法，情景相生，虚实互应，营造出一种低沉萧瑟的意境，更寄寓着作者浓重的离愁别恨和沉痛的身世之感。

◎轶闻异物录

长安古道

长安古道，一般指唐代长安东门附近的一段道路，也是古时人们相送好友的分别之地，后代常出现在离别诗词中。北宋著名婉约派最具代表性的词人柳永，在“少年游”中“长安古道马迟迟，高柳乱蝉嘶”就表现了离别时的凄凉和悲哀。明代于慎行有诗《长安道》：“东出灞陵桥，回望长安道。烟花万户暖风轻，罗绮千门明月晓。”

少年游·参差[①]烟树灞陵桥[②]

参差烟树灞陵桥，风物尽前朝。衰杨古柳，几经攀折[③]，憔悴楚宫腰[④]。

夕阳闲淡秋光老，离思满蘅皋[⑤]（héng gāo）。一曲阳关[⑥]，断肠声尽，独自凭兰桡[⑦]（ráo）。

◎**注释**

①参差：这里是指树木高低不一。

②灞陵桥：在长安东（今陕西西安）。古人送客到此地，折杨柳枝赠别。

③几经攀折：经过多次折取。人们来此送别多会折柳相送，故作者说其几经攀折。

④楚宫腰：以楚腰喻柳。楚灵王好细腰，后人故称细腰为楚腰。

⑤蘅皋：长满杜蘅的水边陆地。蘅，即杜蘅，多年生草本植物，花紫色，根状茎可入药。

⑥阳关：即《阳关三叠》（又名《阳关曲》），是根据王维的名篇《送元二使安西》谱写而成的一首琴歌，是古人送别的曲子。

⑦兰桡：桡即船桨，兰桡指代船。

◎**译文**

高低不一像烟一样的柳树掩映着灞陵桥。此处风俗依旧和往朝一样，送别的人们都折柳枝送人。衰败的杨柳被攀折的憔悴不堪，如同楚宫中的细腰女。

夕阳悠闲照着大地，秋光日渐消去，离别的忧思如蘅草铺满江岸望不尽。一首《阳关》送别曲响起，曲尽处离人肠断，只有独自倚靠着船栏久久远望。

◎创作背景

宋仁宗天圣九年（1031 年），柳永作为“西征客”来到汉唐旧都长安，在灞桥这一个传统的离别之地与友人告别。此时的他在船上，神思徜徉，又一次离愁顿生，有感而发写下了这首词。

◎赏析

这首词抒发了作者与朋友分别时的离愁别恨和怀古伤今之情。

上阕写离开长安时所见。

“参差烟树灞陵桥”，总揽灞桥全景，直接点明所咏对象。灞桥自古就是别离的象征，不仅目睹了人世间的离鸾别鹤之苦，而且也是人世沧桑、升沉变替的见证。“风物尽前朝”紧承前句，使现实的羁旅之愁与历史的兴亡感慨交织在一起，冷静的描述中透露出作者沉思的神情与沉郁的情怀。

“衰杨古柳，几经攀折，憔悴楚宫腰”，从折柳送别的习俗联想到：自古以来，多少送别的人曾在此折柳赠别，这些杨柳屡经攀折，纤细轻柔的柳条竟至“憔悴”了。这里以哀景映衬哀情，借伤柳以伤别，加倍突出人间别离之频繁、别恨之深重。

下阕以抒情为主，写离别长安时置身舟中的感受。

自“夕阳闲淡秋光老”开始，词境更加凄清。面对灞桥，已令人顿生离思，偏又时当秋日黄昏、夕阳残照，给本已萧瑟的秋色又抹上一层惨淡的色彩，也给作者本已凄楚的心灵再笼罩上一层黯淡的阴影。想到光阴易逝、游子飘零，离思愁绪绵延不尽。“离思满蘅皋”是用夸张的比喻形容离愁之多，无所不在。

“一曲阳关，断肠声尽”，从听觉角度描写离愁。当作者目瞻神驰，正离思索怀时，身边忽又响起《阳关》曲，情形加倍难堪，自然使人肝肠寸断了。至此，目之所遇耳之所闻，无不关合离情纷至沓来。最后以“独自凭兰桡”陡然收尾。“独自”尽显孤身飘零的苦况。

这首词运用了回环断续的艺术手法，通过描写灞桥、古柳、夕阳、阳关等富有寓意和韵味的景物，抒发了作者心中无限的伤感。

◎轶闻异物录

阳关

阳关，始建于汉武帝元鼎年间，因坐落在玉门关之南而取名阳关。阳关作为通往西域的门户，又是丝绸之路南道的重要关隘，自古就是兵家必争的战略要地。据史料记载，西汉时为阳关都尉治所，魏晋时设阳关县，唐代设寿昌县。宋元以后随着丝绸之路的衰落，阳关也逐渐废弃。1972 年，酒泉地区文物普查队于古董滩发现了阳关故址。

鹤冲天[1]·黄金榜[2]上

黄金榜上，偶失龙头[3]望。明代[4]暂遗贤[5]，如何向[6]。未遂风云[7]便，争不[8]恣[9]（zì）狂荡。何须论得丧？才子词人，自是白衣卿相[10]。

烟花[11]巷陌[12]，依约丹青屏障[13]。幸有意中人，堪寻访。且恁[14]（nèn）偎红倚翠[15]，风流事，平生畅。青春都一饷[16]（xiǎng）。忍把浮名[17]，换了浅斟低唱！

◎注释

①鹤冲天：词牌名，双调八十四字，前段九句五仄韵，后段八句五仄韵。

②黄金榜：指录取进士的金字题名榜。

③龙头：即状元。

④明代：太平盛世。一作“千古”。

⑤遗贤：抛弃了贤能的人士，指自己被当政者所弃。

⑥如何向：向何处。

⑦风云：比喻变幻动荡的局势，这里指得到好的机遇。

⑧争不：怎不。

⑨恣：放纵，随心所欲。

⑩白衣卿相：指自己才华出众，虽不入仕途，也如卿相一般尊贵。白衣：古代平民穿白布衣，因指没有取得功名的人。

⑪烟花：指妓女。

⑫巷陌：指街巷。

⑬丹青屏障：彩绘的屏风。丹青：绘画的颜料，这里借指画。

⑭ 恁：如此。

⑮ 偎红倚翠：指狎妓。宋代陶谷《清异录·释族》载，南唐后主李煜微行娼家，自题为“浅斟低唱，偎红倚翠大师，鸳鸯寺主”。

⑯ 饷：片刻，极言青年时期的短暂。

⑰ 浮名：指功名。

◎译文

我只是偶然在科举之路上失去了成为状元的机会。即使在圣明的时代，君王也难免抛弃贤能之才，我今后该怎么办呢？既然没有得到好的机遇，为何不放纵自己、享受人生呢！何必为功名患得患失？做一个风流才子为歌姬谱写词章，即使身为平民，也不亚于公卿将相。

在歌姬居住的街巷里，有摆放着丹青画屏的绣房。幸运的是那里住着我的意中人，值得我追求寻访。这样偎红倚翠的风流生活，才是我平生最大的欢乐。青春不过是片刻时间，我宁愿把功名换成手中浅浅的一杯酒和耳畔低徊婉转的歌唱。

◎创作背景

这首词宋真宗天禧二年（1018 年），三十五岁的柳永在汴京继续应试，兄长柳三复进士及第，柳永却第三次落第，愤慨之下写下了这首《鹤冲天》词，是柳永进士科考落第之后的一纸“牢骚言”。

对于这首词的创作时间还有一个看法，宋真宗祥符二年（1009 年），柳永第一次参加礼部考试，年少气高的他踌躇满志，自信定能夺魁，谁知宋真宗有诏“读非圣之书，及属辞浮靡者，皆严谴之。”柳永初试落第。于是写此词抒发内心愤懑情绪。

◎赏析

这首词以率直的语言表现了词人恃才傲物、狂放不羁的个性，抒发了怀才不第的牢骚和感慨。

词的上阕叙述了词人落第后的失意不满和恃才傲物。他把落榜说成“偶然”,“遗贤”只说是“暂”时，自称“明代遗贤”,不仅表现了他恃才傲物的性格，同时也讽刺了清明盛世却不能做到“野无遗贤”。既然“未遂风云便”，理想落空了，下一步该怎么办呢？狂傲自负的他却转向了另一个极端——“争不恣狂荡”，表示要无拘无束地过那种为一般封建士人所不齿的流连坊曲的狂荡生活。

“何须论得丧？才子词人，自是白衣卿相”。这里柳永自诩是“白衣卿相”,达到了自我宽慰的极限。其实，柳永的“狂荡”之中仍然有着严肃的一面，他寄情于声色时仍然保持着清醒的自我意识，严肃以自律，尊重歌妓的人格，同情她们的命运，不是把她们当作玩弄对象，而是与她们结成风尘知己，所以他才自诩“才子词人”“白衣卿相”。

下阕叙述了词人放浪形骸、出入风月场中的生活。“偎红倚翠”“浅斟低唱”，是对“狂荡”的具体说明，也是科举落第使他产生了逆反心理，所以“狂荡”的他故意要造成惊世骇俗的效果以保持自己心理上的优势。

全篇写得自然流畅，平白如话，不仅与民间曲子词极为接近，而且还保留了当时的某些口语方言，如“如何向”“争不”“且恁”等。这些创作,改变了词的审美内涵和审美趣味,即变“雅”为“俗”，使词从贵族的文艺沙龙重新走向市井，对词的发展有着重大的突破意义和深远的传承影响。

卿相

卿，是古时高级长官或爵位的称谓。汉以前有六卿，六卿是指冢宰、司徒、宗伯、司马、司寇、司空。据东汉许慎《说文》:“天官冢宰、地官司徒、春官宗伯、夏官司马、秋官司寇、冬官司空也。”汉设九卿，北魏在正卿下还有少卿。隋唐以后，以吏、户、礼、兵、刑、工六部尚书分当天、地、四时官，称六卿；唐高宗时，曾改吏、户、礼、兵、刑、工六部尚书为天官、地官、春官、夏官、秋官、冬官尚书。以后历代相沿，清末始废。相，古代皇帝下面的最高行政官，辅佐皇帝总理百政的官员，即百官之长。卿相，是卿和相的统称，指中央行政机构的长官，某朝代的执政大臣。

戚氏[1]·晚秋[2]天

晚秋天。一霎微雨洒庭轩[3]。槛菊[4]萧疏，井梧[5]零乱惹残烟。凄然。望江关[6]，飞云黯淡夕阳间。当时宋玉悲感[7]，向此临水与登山。远道迢递[8]，行人凄楚，倦听陇水[9]潺湲[10]。正蝉吟败叶，蛩[11]响衰草，相应喧喧。

孤馆度日如年。风露渐变，悄悄至更阑[12]。长天净，绛河[13]清浅，皓月婵娟[14]。思绵绵，夜永对景，那堪屈指[15]，暗想从前。未名未禄，绮陌红楼[16]，往往经岁[17]迁延[18]。

帝里[19]风光好，当年少日，暮宴朝欢。况有狂朋怪侣[20]，遇当歌、对酒竞[21]留连。别来迅景[22]如梭，旧游似梦，烟水程何限。念利名、憔悴长萦绊[23]。追往事、空惨愁颜。漏箭[24]移、稍觉轻寒。渐呜咽、画角[25]数声残。对闲窗畔，停灯向晓，抱影无眠[26]。

◎注释

① 戚氏：词牌名，是柳永所创，长调慢词，《乐章集》收入“中吕调”。全词三阕，计二百一十二字。

② 晚秋：深秋，秋季的末期。

③ 庭轩：庭院里有敞窗的厅阁。

④ 槛菊：栏杆外的菊花。

⑤ 井梧：井旁挺拔的梧桐古树。源自唐薛涛《井梧吟》：“庭除一古桐，耸干入云中。枝迎南北鸟，叶送往来风。”

⑥ 江关：疑即指荆门。荆门、虎牙二山夹江对峙，古称江关，战

国时是楚地。

⑦ 宋玉悲感：战国时楚国宋玉作《九辩》，曾以悲秋起兴，抒孤身逆旅的寂寞，发生不逢时的感慨。

⑧ 迢递：遥远。

⑨ 陇水：陇头流水。北朝乐府有《陇头歌辞》，词曰：“陇头流水，流离山下。念吾一身，飘然旷野。”“陇头流水，鸣声呜咽。遥望秦川，心肝断绝。”

⑩ 潺湲：形容河水等慢慢流动的样子。

⑪ 蛩：蟋蟀。

⑫ 更阑：更深；夜深。

⑬ 绛河：即银河。

⑭ 婵娟：形容月色明媚。

⑮ 屈指：弯着指头计数。

⑯ 绮陌红楼：指花街青楼。绮陌：繁华的道路。

⑰ 经岁：经年。

⑱ 迁延：羁留。

⑲ 帝里：京城。

⑳ 狂朋怪侣：行为狂放不循常轨的朋友。

㉑ 竞：竞相。

㉒ 迅景：岁月光阴易逝。

㉓ 萦绊：纠缠。

㉔ 漏箭：漏壶的部件。上刻时辰度数，随水浮沉以计时。漏箭移即表示时间流逝。

㉕ 画角：古时军用管乐器，以竹木或皮革制成，发声哀厉高亢，多用于晨昏报时或报警，因表面有彩绘，称为画角。

㉖ 抱影无眠：守着自己的孤影，一夜没有睡着。

◎译文

深秋时节，一阵微雨洒落在庭院。栏边的秋菊已经稀疏零落，天井旁的梧桐也已凋残，被似雾的残烟笼罩。景色多么凄凉。远望江关，黯然的晚霞在落日余晖里浮动。想当年，宋玉是那么寂寞悲愤，他曾经到此临水登山。路途遥遥，行路者凄楚悲伤，特别厌恶听到陇水潺潺的水声。这时，正在落叶中哀鸣的秋蝉和枯草中不停鸣叫的蟋蟀，此起彼伏地相互喧闹着。

形单影只的人羁留在驿馆，度日如年。秋风和露水都开始变得寒冷，时光悄然流逝，已到深夜时分。夜空中万里无云，银河清浅，月亮如此明亮。绵绵相思，长夜里对着此景，不堪掐指细算，回忆从前。那时功名未就，经常在歌楼妓院等地出入，一年年时光耗费。

京城风光好，年少之时，每日早晚都想着宴饮欢聚。况且那时还有很多豪放的朋友相伴，遇到对酒当歌的场景就流连忘返。然而别离后时光如梭，旧时欢景好似梦境，前方一片烟雾渺茫，什么时候才能到岸？都是那功名利禄使我憔悴，将我羁绊。追忆过去，空留下残容愁颜。滴漏的箭头轻移，寒意微微，画角的呜咽之声从远方飘来。静静地对着窗户，熄灭青灯等候黎明，形单影只，彻夜难眠。

◎创作背景

宋仁宗明道二年（1033 年），柳永自蜀地东下到达湖南，这首词即是当年五六月间作于洞庭、湘江一带。另还有同时创作的《玉蝴蝶》。这一年柳永年届五十，屡试不第的心情十分苦闷，这样的情绪在这首词里得到了充分的体现。

◎赏析

这首词是表达羁旅行役、天涯沦落、叹世事无常的词。全词分为上、中、下三阕，形象地展现了风流词人柳永的一生。

上阕开头描写微雨过后的薄暮景色。先用“晚秋天”点明时令。“一霎微雨洒庭轩。槛菊萧疏，井梧零乱惹残烟”，写前驿馆内之衰残景色,初步定出全词的凄凉基调。接着用一个“惹残烟”字竟把秋的萧索写活了：那淡薄的“残烟”竟是这庭轩中的“零乱”和“萧疏”给“惹”来的!

这时，词人忽然笔锋一转，“望”向远处的“江关”，由近及远，望见了“飞云黯淡夕阳闲”。看到此景，古代以悲秋著名的宋玉也要“临水与登山”了。此时，又来了一个柳式大回转，将远景拉近:“远道迢递，行人凄楚，倦听陇水潺湲”，不着痕迹，天衣无缝。面对长路漫漫，作为“凄楚”“行人”的词人，正走在自己非常厌恶却又不能舍弃的仕途之路上，一面痛恨“名牵利惹”，一面甘之如饴。内心凄凉的他，对“陇水潺湲”也“倦听”了。

“正蝉吟败叶，蛩响衰草，相应喧喧”，用一“正”字引出那更让人心情烦躁的“蝉吟败叶，蛩响衰草”，与开头的“晚秋天”相应。心绪烦乱、无以抒怀的词人，在“相应喧喧”的蝉嘶蛩鸣中结束了上阕的叙景描情。

上阕寥廓之中见苍凉，从内容和词调上都为后文抒情做了充分的铺垫。

中阕时间上由傍晚而入深夜，先景后情，凄婉之中而不失条理。一开始词人就自述一句:“孤馆度日如年”，独在异地的他正“凄然”地在“孤馆”中“度日如年”。

在这孤索之夜，只一失神间，景色已转换:“风露渐变，悄悄至更阑。”“长天净，绛河清浅，皓月婵娟”，词人凝望起那片空有亮白色温馨的“绛河”，那“婵娟”的“皓月”不正是代表团圆么？对月而怀人，“思绵绵”引出了词人如泄洪般的情感。

“那堪屈指，暗想从前。未名未禄，绮陌红楼，往往经岁迁延”，字字句句都是他对命运的质问，也是他对自己一生的“恣狂心性”的反省。人生究竟是“小楼深巷狂游遍”的“恣狂踪迹”，还是为那“蝇头利禄，蜗角功名”的“恁驱驱”呢？也正是因了他一生缠绵于“绮陌红楼”，才导致他终老而“未名未禄”。这也可以是词人对自己一生徘徊于仕途与红颜之间的优柔寡断的一种怨恨。

下阕继续回忆狂放不羁的少年生活。

“帝里风光好，当年少日，暮宴朝欢。况有狂朋怪侣，遇当歌、对酒竞留连”，描写此时词人大概已近花甲，忆起“当年少日”与“狂朋怪侣”的奢靡生活，慨叹时光易逝、年华似水。

“别来迅景如梭，旧游似梦，烟水程何限”，以往日之欢娱，衬今日之落寞。“念利名、憔悴长萦绊”写他一生不放弃对名利的追逐，憔悴也是应该的，又何必在此枉叹呢？因此作者为强调自己的“无事觅闲愁”，又加了一句“追往事、空惨愁颜”。至此，议论结束。

“漏箭移、稍觉轻寒”，不知不觉间，已是一夜的辗转。蓦然惊觉，时间已是接近拂晓，又听闻远处“渐呜咽、画角数声残”的乐声，此时“对闲窗畔”抱臂的词人，无论有再多的不甘，无论有再多的憾恨，也只能继续上路了。“停灯向晓，抱影无眠”是词的最后以一个镜头：天上一颗启明星遥对着窗下一个孤独的身影，总结全篇。

全词由近及远、由远至近，挥洒自如；由此及彼、由今忆昔，由昔论今，一波三折，大开大阖，自然运转；于蕴秀之中见真切，于深惋之中显淋漓，正是柳词本色！这首词也是词史上第二长词，仅次于南宋时吴文英之《莺啼序》。因此，宋时有“《离骚》寂寞千年后，《戚氏》凄凉一曲终”的评价。

画角

古代乐器名,唇簧气鸣乐器。相传创自黄帝,或传自羌族。形如竹筒,以竹木或皮革制成,外加彩绘,故称“画角”。因其发声哀厉高亢,古时军中多用以警昏晓,振士气,肃军容。帝王出巡,亦用以报警戒严。

隋唐时期已有画角,莫高窟晚唐一百五十六窟南壁下层有河西归义军节度使张议潮出行图,其军乐队中有吹奏画角的形像。明代画角由三节构成,因角身戗金绘龙纹,也称“金龙画角”。

斗百花[1]·煦色[2]韶光[3]明媚

煦色韶光明媚。轻霭低笼芳树[4]。池塘浅蘸[5]（zhàn）烟芜[6]（wú），帘幕闲垂[7]风絮[8]。春困厌厌，抛掷斗草[9]工夫，冷落踏青[10]心绪。终日扃[11]（jiōng）朱户。

远恨[12]绵绵[13]，淑景[14]（yǐng）迟迟[15]难度。年少傅粉[16]，依前[17]醉眠[18]何处。深院无人，黄昏乍[19]拆秋千，空锁[20]满庭花雨[21]。

◎注释

①斗百花：词牌名，又名《夏州》。格律以“双调，八十一字，前段八句五仄韵，后段七句三仄韵”为正体。

②煦色：美好的春色。春天阳光和煦，因此称煦色。

③韶光：本指美好的阳光，这里指青春年少的美好时光。

④芳树：佳树、美树。

⑤浅蘸：轻轻地挨碰。

⑥烟芜：池中青草在如烟的雾气下显得凌乱而荒芜。

⑦闲垂：没有必要的垂挂，帘幕本是用来遮掩夫妻亲昵举动的，由于丈夫不在家帘幕也成为了一种没有必要的摆设。

⑧风絮：意思是帘幕就像柳絮一样随风飞舞。

⑨斗草：古代民间习俗，农历五月初五斗草，唐宋时称作“斗百草”。

⑩踏青：春天到郊外去游玩。

⑪扃：关门。

⑫远恨：因丈夫不知是在何处眠花宿柳，恨又没有具体对象，因此称远恨。

⑬绵绵：连续不断，此处又有情意缠绵的意思。

⑭淑景：美好的时光。

⑮ 迟迟：迟缓。

⑯ 年少傅粉：喻年轻貌美的少年男子，此处指此年轻女子的丈夫。

⑰ 依前：和从前一样。

⑱ 醉眠：酒醉后的睡眠，此处指眠花宿柳。

⑲ 乍：刚刚。

⑳ 空锁：白白的锁住。

㉑ 花雨：落花如雨。

◎译文

春光明媚，阳光和煦，薄薄的雾气笼罩着佳树。池中青草存在于如烟的雾气中，凌乱而荒芜，帘幕无用的垂着，像风中的柳絮一般飘荡。春困的日子让人想睡觉，把斗草的游戏都抛开了，踏青的心情也没有了。整天关着房门。

思念之情绵绵，恨意幽幽，美好的时光悠悠难捱。年轻的郎君，你和从前一样吗？在哪儿眠花宿柳呢？寂寞的院子空无一人，黄昏时刚刚把秋千拆掉了，白白的锁住了一院子的落花。

◎创作背景

这首词为代春闺怨体，而柳永创作此类作品多为早年游历江南的时候，故此词也应该是作于这个时候，具体创作时间待考证。

◎赏析

这首词描写女子思念情人而不得见的怅怨心情。

上阕写女子面对大好春色而深感寂寞的情景。

“煦色韶光明媚。轻霭低笼芳树。池塘浅蘸烟芜，帘幕闲垂风絮”，这几句犹如一组连续不断、由远而近、由大到小的静景镜头，把大好春景写得如诗如画：

先渲染全景，明丽妩媚的美好春光；然后拉近镜头，现出轻云笼罩着花木景象；再把镜头推进，芳树旁的池塘中有一片水气朦胧的青草；最后把镜头对着池塘边的小楼，只见遮蔽门窗的帘幕静静地垂着，任凭杨花柳絮在帘外春风中飘舞。从结构上看，第一句是总写，下面三句是分写；分写的三句又句句相加，使春光明媚的静景不断变化，最后的眼光集中到闲垂帘幕的地方来了。

词人为什么要着力描绘这大好春景呢？原来是反衬主人公的心情：春光越美，春意越浓，越使她感到孤寂，心绪冷落，连赛百草的游戏也丢开了，连到郊外散步游玩的心情也没了，一天到晚把大门紧闭。这种反常的情绪原因何在呢？词意到此自然地过渡到下阕。

下阕写女子想念情人而百无聊赖的心境。

“远恨绵绵,淑景迟迟难度”,承上启下,解开“春愁”的悬念：原来是由于绵绵不断的怨悔，才导致美好春光难过。意思虽然十分明白，而用词却颇为含蓄，如周济所说：“以一、二语勾勒提掇，有千钧之力。”

“年少傅粉，依前醉眠何处”，包含了对“年少”的往日恩爱的回顾，更蕴藏着对“年少”今日薄情的怨恨，又照应了上阕“终日扃朱户”的内心活动。

“深院无人，黄昏乍拆秋千，空锁满庭花雨”，景中有情，意在言外，把一个被抛弃的女子的一腔缠绵悱恻而又怨悔交集的心境描摹得淋漓尽致。

这首词在写作手法上，层层铺叙，情景兼融，一笔到底，始终不懈；词意曲折含蓄、叙事委婉有序、章法绵密谨严、音律和谐悦耳，显示了柳词的特色。

◎轶闻异物录

斗百草

斗百草，也称斗草，是一种游戏，源于周代，原为端午习俗。端午踏青归来，各人把自己收集的各种花草拿来，以花草相对，如狗耳草对鸡冠花。斗百草习俗早在南北朝时已形成，后世由此衍生出不用实物，而以花草名相对，以答对精巧者为胜。

斗百草之戏，最初是因为古俗认为五月为恶月、毒月，必须采集百草来解厄，以渡过难关。到了六朝后期，斗百草逐渐成了一种游戏习俗。唐以来，斗百草愈渐成为妇女和孩童的游戏，以后演变成专属妇女的斗花比赛。现在，斗百草已发展成插花等装饰艺术。

玉蝴蝶·望处[1]雨收云断[2]

望处雨收云断，凭阑[3]悄悄，目送秋光。晚景萧疏，堪动宋玉悲凉[4]。水风轻、蘋[5]花渐老，月露冷、梧叶飘黄。遣情伤[6]。故人何在，烟水茫茫。

难忘，文期酒会[7]，几孤风月[8]，屡变星霜[9]。海阔山遥，未知何处是潇湘[10]。念双燕、难凭远信[11]，指暮天、空[12]识归航[13]。黯相望。断鸿声里，立尽斜阳[14]。

◎注释

① 望处：目见处。

② 雨收云断：雨停云散。

③ 阑：同“栏”，遮拦的东西。

④ 宋玉悲凉：指宋玉《九辩》，引申为悲秋。宋玉《九辩》有“悲哉！秋之为气也，萧瑟兮草木摇落而变衰！”

⑤ 蘋：蕨类植物，生在浅水中，茎横生在泥中，叶柄长，四片小叶生在叶柄顶端。夏秋间开小白花。

⑥ 遣情伤：令人伤感。

⑦ 文期酒会：文人们相约饮酒赋诗的聚会。

⑧ 几孤风月：辜负了多少美好的风光景色。几：多少回。孤：通“辜”，辜负。

⑨ 屡变星霜：经过了好几年。星霜：星辰一年一周转，霜每年遇寒而降，因称一年为一星霜，也以此喻年月。

⑩ 潇湘：湘江的别称。这里指所思念的人居住的地方。

⑪ 远信：给远方的人寄予消息。

⑫ 空：白白地。

⑬ 归航：返航的船。

⑭ 立尽斜阳：在傍晚西斜的太阳下立了很久。

◎译文

我悄悄地倚栏凝望，目见处，雨停云散。我目送着秋色消逝于天边。秋天的傍晚，景色萧瑟凄凉，让人不禁产生宋玉那样的悲秋之感。轻风拂过水面，蘋花渐渐凋落，凉月使露水凝住，梧桐树的叶子已片片枯黄。此情此景，令人伤感。我的故朋旧友，不知你们都在何方？眼前所见只有一望无际的秋水，烟雾迷茫。

难以忘记那文人们饮酒赋诗的聚会。离别后辜负了多少美好风光，斗转星移间已是几年时光。海是如此之远，山是如此之遥，相逢相会不知何处何年？想那双双飞去的燕子，难以靠它给故友传递音信；企盼故友归来，遥指天际苍茫，辨识归来航船，谁知过尽千帆皆不是，也是枉自空等企望。我默默伫立凝望，只见斜阳已尽，孤雁哀鸣声仍在天际飘荡。

◎创作背景

宋仁宗明道二年（1033 年）秋，五十岁的柳永沿长江东下过湖南，游洞庭、湘江一带旧地，感慨故人星散，自己潦倒沧落，写下了这首《玉蝴蝶》。

◎赏析

这首词通过描写眼前的秋景和回忆昔日的文期酒会，表达了作者对朋友的思念之情。

上阕由远及近，选取最能表现秋天景物特征的东西，作精细的描写。

“望处雨收云断”写所看到的清秋之景。“凭阑悄悄，目送秋光。”写出了独自倚阑远望时的忧思。面对黄昏的萧疏秋景，很自然地会引起悲秋的感慨，想起千古悲秋之祖宋玉来。“晚景萧疏，堪动宋玉悲凉”描写宋玉的悲秋情怀和身世感慨，这时都涌向词人的心头，引起他的共鸣。

“水风轻、蘋花渐老，月露冷、梧叶飘黄”的描写，像用特写镜头摄下一幅很有诗意的画面：只见秋风轻轻地吹拂着水面，白蘋花渐渐老了，秋天月寒露冷的时节，梧桐叶变黄了，正一叶叶地轻轻飘下。萧疏衰飒的秋夜，自然使人产生凄清沉寂之感。“轻”“冷”正写出了清秋季节的这种感受。“蘋花渐老”既是写眼前所见景物，也寄寓着词人寄迹江湖、华发渐增的感慨。“梧叶飘黄”的“黄”字突出了梧叶飘落的形象。“飘”字有声，“黄”字有色，渲染了气氛，点缀了秋景。

在这里，作者捕捉了最典型的秋日景物：水风、蘋花、月露、梧叶等，用“轻”“老”“冷”“黄”四字烘托，交织成一幅冷清孤寂的秋光景物图，为下文抒情作了充分的铺垫。

“遣情伤”由景及情的转折，引出“故人何在，烟水茫茫。”既承上启下，又统摄全篇，为全词的主旨。“烟水茫茫”是写迷蒙而不可尽见的景色，阔大而浑厚，同时也是因思念故人而产生的茫茫然的感情。这几句短促凝重，情景交织，声情跌宕，苍莽横绝，为全篇之精华。

下阕回忆昔日文期酒会、相聚之乐，慨叹今日相隔遥远，消息难通。词中用“文期酒会”“几孤风月”“屡变星霜”“海阔山遥”的意象，表达怀念故人之情，波澜起伏，错落有致。

“念双燕、难凭远信，指暮天、空识归航”，写出不能与朋友相见而产生的无可奈何的心情。一个“空”字，把急盼友人归来的心情写活了，也把思念友人之情推向了高潮和顶点。这里从对方着笔，从而折射出自己长年羁旅、怅惘不堪的留滞之情。

“黯相望。断鸿声里，立尽斜阳”，“黯相望”衬托出词人的孤独怅惘，可谓妙合无垠，声情凄婉。“断鸿声里，立尽斜阳”，画出了作者在声声大雁的哀鸣里，久久地伫立夕阳残照之中，如呆如痴地沉浸在回忆与思念里的形象。

这首词层次分明，结构完整，脉络井然，以抒情为主，把写景和叙事、忆旧和怀人、羁旅和离别、时间和空间融汇为一个浑然的艺术整体，具有很强的艺术感染力。

◎轶闻异物录

宋玉

宋玉（约前298年—约前222年），又名子渊，战国时鄢（今襄樊宜城）人，宋国公族后裔，曾事楚顷襄王，历任文学侍臣、大夫、议政大夫等职。为屈原之后的辞赋家，与唐勒、景差齐名。代表作品有《风赋》《高唐赋》《答楚王问》等。“下里巴人”“阳春白雪”“曲高和寡”“宋玉悲秋”等的典故皆来自他的赋。

醉蓬莱[1]·渐亭皋叶下

渐亭皋（gāo）叶下，陇首云飞[2]，素秋[3]新霁[4]（jì）。华阙中天[5]，锁葱葱佳气。嫩[6]菊黄深，拒霜[7]红浅，近宝阶香砌[8]。玉宇[9]无尘，金茎[10]有露，碧天如水。

正值升平[11]，万几[12]多暇[13]，夜色澄鲜[14]，漏声迢递[15]。南极星[16]中，有老人呈瑞。此际宸游[17]，凤辇[18]（niǎn）何处，度[19]管弦清脆。太液波翻，披香帘卷[20]，月明风细。

◎注释

①醉蓬莱：词牌名，柳永自度曲。双调，九十七字，上阕十一句、下阕十二句各四仄韵。

②渐亭皋叶下，陇首云飞：化用南朝梁柳恽《捣衣诗》："亭皋木叶下，陇首秋云飞。"亭皋，水边的平地。陇首，山名，在今陕西、甘肃之间，这里泛指高山山顶。

③素秋：秋季。古代五行的说法，秋属金，其色白，所以叫素秋。

④新霁：雨后初晴。

⑤华阙中天：意思是华美的皇宫耸入高空。

⑥嫩：初生而新鲜。

⑦拒霜：木芙蓉花的别称。冬凋夏茂，仲秋开花，耐寒不落。

⑧宝阶香砌：喻台阶的美且香。

⑨玉宇：华丽的宫殿。

⑩金茎：用以擎承露盘的铜柱。

⑪升平：太平盛世。

⑫万几：也作万机，指皇帝日常处理的纷繁政务。

⑬暇：空闲。

⑭ 澄鲜：清新。

⑮ 漏声迢递：漏声传到很远的地方。漏声：计时漏壶的滴水声。迢递，遥远。

⑯ 南极星：即老人星，其出现象征天下太平。

⑰ 宸游：帝王巡游。宸：北极星所在为宸，后借用为皇帝所居，引申为帝王的代称。

⑱ 凤辇：皇帝的车驾。

⑲ 度：按曲谱奏曲。

⑳ 太液波翻，披香帘卷：化用上官仪《初春》："步辇出披香，清歌临太液。"太液，太液池，又名蓬莱池，始建于汉武帝时，在长安建章宫北，这里借指宋汴京宫中池苑。披香，即披香殿，汉代宫殿名，这里借指宋汴京宫中殿宇。

◎译文

树叶慢慢落在岸上，白云悠悠飘在山顶。秋雨之后天气初晴。华美的宫殿耸入高空，锁住旺盛美好的云气。在那华美的台阶旁边，新开的菊花深黄耀眼，盛开的芙蓉浅红醉人。华丽的殿宇洁净无尘，铜仙人承露盘里盛满了甘露，碧蓝的天空明净如水。

赶上太平盛世，皇帝在处理完纷繁的政务后，有了较多闲暇，夜色清新，铜壶滴漏之声传到远方。南极星里有位老人正呈现治平、寿昌之祥瑞。皇帝的车驾巡游到了什么地方呢？也许就在那清晰悦耳的管弦乐声所在之处吧。明月微风中，汴京禁苑池沼波光鳞鳞，宫殿吹卷起了门帘。

◎创作背景

宋仁宗庆历三年（1043 年）年秋，据说某内史爱柳永的才华，也可怜他的潦倒，便趁着老人星出现的好兆头，叫柳永给教坊新曲《醉蓬莱》作词。柳永一挥而就，自觉写得很好，但其中有些词触动了仁宗的心事，仁宗越看越气，以致柳永想升官反而因此仕途不进。

◎赏析

这是一首歌功颂德的谀圣词，极写太平盛世皇宫中华美祥和的景象。

为了歌功颂德，柳永创制此词时调用了多种手段，特别是在语言的运用上。首先，他多处借用前人的诗文、典故、传说，一扫俚俗之语，使词章现出古雅之色；其次，词中对偶句俯拾皆是，而且形式多种多样。不满百字的一首词，七处对偶，使词章现出繁富工整之气；第三，“醉蓬莱”调，本以四字句为主，其中五个五字句词人又都化为上一下四的领字句式，以和谐匀齐的韵律显示出庄重端严之势。此外，词中色彩鲜明、声味谐美，无处不是太平景象。这些，都可看出柳永创作这首歌功颂德之词所用的心力。

这首词词意虽在歌颂皇帝，但缺少一些雍容华贵、富丽堂皇之态。其中诸景物的描写与歌颂帝王的主题不谐和。尤其是其中的某些词句犯了皇上大忌，以致使柳永仕途不进。

◎轶闻异物录

太液池

太液池，又称“泰液池”，在西汉建章宫西北、未央宫的西南，曾是一座由渠引昆明池水而形成的人工湖，由于其水面宽广而得此名。传说，太液池占地一百五十亩，池北岸有人工雕刻的石鲸，长一点五丈，高五尺；池西岸有石鳖三只，长六尺；池中建有二十丈高的渐台，还堆筑象征仙山的瀛洲、蓬莱、方丈等假山。除此之外，还有许多金石克制而成的龟、鱼和珍禽异兽。

倾杯[1]·金风[2]淡荡[3]

金风淡荡，渐秋光老[4]、清宵[5]永。小院新晴天气，轻烟乍敛[6]，皓月当轩练净[7]。对千里寒光[8]，念幽期[9]阻、当残景。早是[10]多愁多病[11]。那堪[12]细把，旧约前欢重省[13]。

最苦碧云[14]信断，仙乡[15]路杳[16]（yǎo），归鸿难倩[17]。每高歌[18]、强遣[19]离怀，惨咽[20]翻成心耿耿[21]。漏残[22]露冷。空赢得、悄悄无言，愁绪终难整[23]。又是立尽，梧桐碎影。

◎注释

①倾杯：唐代教坊曲名，后用作词牌，又名《古倾杯》《倾杯乐》等，《乐章集》有七调，此词为“大石调”。双调，一百零八字，上阕下阕各十句五仄韵。

②金风：秋风。萧统《文选·张协》：“金风扇素节，丹霞启阴期。”李善注：“西方为秋而主金，故秋风曰金风也。”

③淡荡：水迂回缓流。引申为和舒。

④渐秋光老：即“秋光渐老”，秋色渐渐深了。

⑤清宵：清净的夜晚。

⑥轻烟乍敛：淡淡的雾气刚刚收敛。轻烟：淡淡的雾气。

⑦练净：形容月光明净如练。练：丝绸。

⑧千里寒光：广阔无边的月光。寒光：清冷的月光。

⑨幽期：私定的约期。

⑩早是：已是。

⑪多愁多病：因忧愁而病弱。

⑫那堪：哪能承受。

⑬省：回顾，回想。

⑭ 碧云：喻远方或天边，多用以表达离情别绪。

⑮ 仙乡：仙人所居处，此处借称所思的人的居处。

⑯ 路杳：路途遥远。

⑰ 倩：请。

⑱ 高歌：登高而歌唱。

⑲ 遣：排解。

⑳ 惨咽：因悲惨而声咽气堵，说不出话。

㉑ 耿耿：心中想念，愈加割舍不下。

㉒ 漏残：计时漏壶的水将滴尽，即夜将尽的意思。

㉓ 难整：难以整理。

◎译文

秋风和舒，秋色渐老，长夜孤清。遇到晴朗天气，小院里轻雾刚刚散去，皓月临窗月光如练。面对遥远清冷的月光，想到约期难相会，只能对着这残景感叹。早已是时常忧愁、体弱多病的我，哪能敢再仔细地回忆从前的盟约和欢乐？

最痛苦的是远方音信断绝，居处的道路遥远崎岖，难以恳求鸿雁把佳音传递。念此悲伤高歌，想排泄心中的离情，无奈，凄惨悲哀的歌声，反而使人烦躁不安、心事重重。漏将尽、夜已深。徒然忧伤无言，愁绪终究难尽。又是长久的伫立，零星破碎的梧桐树影消逝。

◎创作背景

这首词仅写秋思，未见欲归之意，应当写于柳永初到江南之时，具体创作时间待考证。此词所怀之人为柳永的朋友。

◎赏析

这首词通过描写秋夜小院之景而抒发自己的思念之苦。

上阕先写深秋长夜小院之景，后面转而怀人。

“金风淡荡，渐秋光老、清宵永”，写秋色渐深，长夜渐深，点出怀人的时间。“小院新晴天气，轻烟乍敛，皓月当轩练净”中的“小院”是指词人所居客馆的小院。又是一个秋天的夜晚，凄凉的景色为思人铺下素雅清明的背景。

“对千里寒光，念幽期阻、当残景”，描写词人面对皓月的“千里寒光”想及千里之外的知己，当初共有的“幽期”被阻碍而不得实现，也如“残景”不可收拾。而且，自身早已是“早是多愁多病。那堪细把，旧约前欢重省”，还怎么能受得了把旧日的期约与前时的欢聚细细思索？

下阕写词人饱受思念之苦。“碧云信断”“仙乡路杳”“归鸿难倩”反用苏武滞留塞北以雁传书的典故，写书信也不得传递，进一步诉说怀友人之苦。

“每高歌、强遣离怀，惨咽翻成心耿耿”，描写想用放声“高歌”来“强遣”，无奈反而使内心更加不能平静。“漏残露冷。空赢得、悄悄无言，愁绪终难整”，更衬托出怀友人的心绪凄冷。“又是立尽，梧桐碎影。”写自己长夜不寐，徘徊梧桐树下期盼故人的情状，余味不尽。

全词铺写深秋月色和离情别绪，层层翻出，尽情挥洒，饱含了词人理想与志愿难酬的难言之隐。

◎轶闻异物录

大雁

大雁是候鸟，秋季由北往南飞，第二年春季又飞回北方。每年秋季鸿雁南迁时，常常引起游子思乡怀亲之情和羁旅伤感。

大雁在古诗中主要有几种意义：一是寄托诗人对故乡的思念。如范仲淹的《渔家傲》:“塞下秋来风景异，衡阳雁去无留意。”二是表达对友人的思念。如杜甫的《孤雁》:“孤雁不饮啄，飞鸣声念群。谁怜一片影，相失万重云。”另外，大雁还表示信使，自古就有“鸿雁传书”的说法。相传西汉武帝时，苏武在匈奴北海牧羊十九年，汉朝使者对匈奴单于称：大汉天子在上林苑猎到一只大雁，雁足上有苏武亲手写的书信，单于才被迫放苏武归汉。

倾杯[①]·鹜[②]（wù）落霜洲[③]

鹜落霜洲，雁横烟渚[④]，分明画出[⑤]秋色。暮雨乍歇。小楫夜泊，宿苇村山驿[⑥]。何人月下临风处，起一声羌笛[⑦]。离愁万绪，闻岸草、切切[⑧]蛩（qióng）吟似织。

为忆。芳容[⑨]别后，水遥山远，何计凭鳞翼[⑩]。想绣阁[⑪]深沈[⑫]（shēn shěn），争知憔悴损[⑬]、天涯行客。楚峡云归，高阳[⑭]人散，寂寞狂踪迹。望京国。空目断[⑮]、远峰凝碧。

◎注释

① 倾杯：唐代教坊曲名，后用作词牌，又名《古倾杯》《倾杯乐》等，《乐章集》中有七调，此词为“散水调”。双调，一百零四字，上阕十句四仄韵，下阕十二句六仄韵。

② 鹜：野鸭。

③ 霜洲：霜露覆盖的小洲。

④ 烟渚：雾气笼罩的水中小洲。

⑤ 画出：勾画出。

⑥ 苇村山驿：指僻野的村驿。苇、山为互文，指僻野，即偏僻的野外。

⑦ 羌笛：羌族管乐器，双管并在一起，每管各有六个音孔，上端装有竹簧口哨儿，竖着吹。

⑧ 切切：拟声词，蟋蟀的鸣叫声。

⑨ 芳容：美好的容颜、仪态，这里代指佳人。

⑩ 鳞翼：鱼、雁，古人认为鱼、雁能替人传递书信。

⑪ 绣阁：青年女子住的房间。

⑫ 深沈：形容极深。

⑬ 损：表程度，意思是极。

⑭ 高阳：指“高阳酒徒”。《史记·郦生陆贾列传》：“郦食其陈留高阳人，沛公领兵过陈留，郦食其到军门求见。沛公见说其人状类大儒，使使者出谢曰：‘沛公敬谢先生，方以天下为事，未暇见儒人也。’郦生嗔目案剑叱使者曰：‘走，复入言沛公，吾高阳酒徒也，非儒人也。’”后用来指代酒徒。

⑮ 目断：望尽，望到看不见为止。

◎译文

野鸭落在霜露覆盖的小洲，大雁飞过雾气笼罩的小渚，勾勒出一幅秋景图。傍晚的雨刚刚停止。一艘小船在夜色中靠岸停泊，寄宿在荒郊野外的驿站。月下迎风而立的是谁？将一阵阵的羌笛声吹送？正愁绪万千，又听得岸边草丛里切切的蟋蟀声。

只为思恋，与佳人别后，山水阻隔，靠什么来传递书信呢？想来深闺中的佳人，怎会知道浪迹天涯的游子如今已是憔悴不堪！恋人已经归去，高阳酒徒已散，只有身心的寂寞孤独、行为的放荡不羁。眺望京都，徒然望断远方浓绿的山峰。

◎创作背景

柳永成年后离开家乡，生活一直比较动荡。中举前为求取功名、维持生计，四处干谒漫游；中举后又为官务公事奔走在外，因此他对羁旅漂泊的痛苦有着深切的体会，也为后人留下了许多羁旅行役词。这首《倾杯》就是其中之一。此词应为他远游湖南之后在返程途中所作，具体创作时间待考证。

◎赏析

这首词通过描绘生动的秋色，构成一幅游子秋日行旅的画卷，表达了词人对自己落魄江湖的伤感之情。

上阕画出了一幅有声有色的秋景。

“鹭落霜洲，雁横烟渚”，是一副极其工整的对偶句，用“落”“横”两个动词形象地描绘了鹭鸟和雁的生命状态，而“霜”“烟”则是一种色彩和状态。“苇村山驿”“月下临风”点出自己的所处的环境。此时，“一声羌笛”尤如静湖石子，激起“离愁万绪”情感涟漪，羌管悠悠吹出无限幽怨。“蛩吟似织”借蟋蟀声托出怨情，触发起无限愁绪。整个上阕层层深入，细致入微地勾画了一种深邃幽远的意境。

下阕写词人对佳人的无限思恋。以“忆”字引出联想：“芳容别后，水遥山远，何计凭鳞翼。”描写关山阻隔，鱼雁难通，从而反映出词人内心的急切与焦虑。“想绣阁深沈，争知憔悴损、天涯行客”，则从对方设想，写伊人深居闺房，怎能体会出行客漂流天涯、“为伊消得人憔悴”的苦处？这比自诉衷肠更为感人。“楚峡云归，高阳人散，寂寞狂踪迹”，用宋玉之典说明往昔“暮宴朝欢”都已烟消云散，如今孤村独坐，惟有对月自伤啊！

“望京国。空目断、远峰凝碧”，以景结情，遥望京华，杳不可见，但见远峰清苦，像是聚结着万千愁恨。“目断”“立尽”为这幅秋景中注入了强烈的感情色彩，表示相思之意、怅惘之情不绝如缕。

这首词用曲折多变的笔法，上、下阕一气贯通，浑然一体，感情起伏跌宕，把离情别苦渲染得淋漓尽致，具有很强的艺术感染力，堪称佳作。

◎轶闻异物录

驿站的管理

驿站原是为古代供传递官府文书和军事情报的人途中食宿、换马的场所。在通讯手段十分原始的情况下，驿站担负着各种政治、经济、文化、军事等方面的信息传递任务。我国古代驿站各朝代虽形式有别，名称有异，但是在组织严密、等级分明、手续完备是相近的。凡需要向驿站要车、马、人夫运送公文和物品都要看“邮符”，即“勘合”和“火牌”。官府使用时凭“勘合”，兵部使用时凭“火牌”。使用“邮符”有极为严格的规定。对过境有特定任务的，还要派兵保护。

驿站管理至清代已臻于完善，并且管理极严，若违反规定，均要治罪。到了清代末期，由于有文报局的设立，才逐渐废除了驿站，以后又设邮政，而文报局也逐渐废止。

倾杯·离宴[1]殷勤[2]

离宴殷勤，兰舟[3]凝滞，看看[4]送行南浦[5]。情知道[6]世上，难使皓月长圆，彩云[7]镇聚[8]。算人生、悲莫悲于轻别[9]，最苦正欢娱，便分鸳侣[10]。泪流琼脸，梨花一枝春带雨[11]。

惨黛蛾、盈盈[12]无绪。共黯然消魂[13]，重携纤手，话别临行，犹自再三、问道君须去。频耳畔低语[14]。知多少、他日[15]深盟，平生丹素[16]。从今尽把凭[17]鳞羽[18]。

◎注释

① 离宴：饯别的宴席。

② 殷勤：反复叮嘱。

③ 兰舟：船。传说鲁班曾刻木兰树为舟，故后人将“兰舟”用做对船的美称。

④ 看看：估量时间之词。可以解释为渐渐、眼看着、转瞬间。

⑤ 南浦：指水边送别的地方。

⑥ 情知道：明明知道。

⑦ 彩云：本指仙人所驾的云，后用以借指情人远去。韦庄《悼亡姬》：“凤去鸾归不可寻，十洲仙路彩云深。”

⑧ 镇聚：长聚。

⑨ 轻别：轻易别离。

⑩ 鸳侣：夫妻、情侣。

⑪ 泪流琼脸，梨花一枝春带雨：眼泪流在琼玉般鲜嫩的脸上，好像春雨洒在洁白的梨花上一样。化用白居易《长恨歌》：“玉容寂寞泪阑干，梨花一枝春带雨”。

⑫ 盈盈：充积、充盈。

⑬ 黯然消魂：即“黯然销魂”，心怀沮丧，好像丢了魂似的，形容非常悲伤或愁苦。

⑭ 犹自再三、问道君须去。频耳畔低语：是“频耳畔低语，犹自再三、问道‘君须去’”的倒装。须：必须，一定。

⑮ 他日：来日，日后。

⑯ 丹素：赤诚纯洁的心。

⑰ 把凭：“把”后省略“之”，意思是将其托付给。

⑱ 鳞羽：即鱼、雁。古代有鱼、雁传书的说法，因此以鱼、雁代书信。

◎译文

离别的宴席上彼此殷殷相嘱，船只停在岸边等待出发。转瞬间来到了送别的地方。明知世上明月无法长圆，也知道彩云不可能常相聚。想一想，人生最悲伤的莫过于轻易的别离的悲伤，最痛苦的莫过于情侣正在热恋之中，却要被迫分离。她的眼泪流在琼玉般鲜嫩的脸上，好像春雨洒在洁白的梨花上一样。

她皱着眉头，心里盈盈无头绪。我与她同样悲伤难抑，再次拉着她的玉手。临行话别时，她还反复地在我耳边问道：“你真的必须离去吗？”不知他日有多少深情的盟誓、赤诚的心意，都只能凭借鱼雁来传递了。

◎创作背景

这首词大约写于宋真宗景德四年（1007年）秋，当时柳永准备离开汴京，亲友们前来送行，其中包括柳永的恋人，这首词应是写给她的。

◎赏析

这首词表达离别之情，慨叹别离之苦。

上阕写与恋人离别前的景和情。

“离宴殷勤，兰舟凝滞”，直入送别的主题，描写临别时的场景。“离宴殷勤”描写分手在即，恋人的“殷勤”致意，强作欢颜。“兰舟凝滞”写那小舟仿佛也不忍离别，在那里“凝滞”、徘徊不前，表达了两人不忍离别又不能不离别的悲哀、无奈。物犹如此，人何以堪！

“看看送行南浦”，由叙而议，直接抒写内心伤离别的无限感慨：“情知道世上，难使皓月长圆，彩云镇聚。”就像月不会长圆、彩云不会一直相聚，人与人也总有离别。“情知道”暗藏曲折，理智上明明知道有聚就有散，感情上却不能忍受别离的痛苦。“算人生、悲莫悲于轻别，最苦正欢娱，便分鸳侣。”语出屈原《九歌·少司命》中的“悲莫悲兮生别离”，人生中最悲伤的事莫过于轻易离别。“最苦正欢娱，便分鸳侣”，语意又深一层；“鸳侣”分别已是很苦的事情，然而还有更苦的，那就是“正欢娱”时的“鸳侣”分别，满心的苦涩溢于言表。

“泪流琼脸，梨花一枝春带雨”，借用白居易《长恨歌》中的“玉容寂寞泪阑干，梨花一枝春带雨”来形容看到恋人楚楚动人、孤独无依的情态，更加心旌摇荡，黯然神伤，恰表达了“送君南浦，伤如之何”（见江淹《别赋》）的人生悲哀。

上下阕之间似有一段空白，这段空白中深蕴着词人无言的悲哀。

下阕写与恋人话别的情景。“惨黛蛾、盈盈无绪”，承上阕接着描写女子的情态。“犹自再三、问道君须去”，描写女子一遍又一遍地问：“你一定要离开吗？”这一番话别，写的深情款款，动人心弦。

“知多少、他日深盟，平生丹素。从今尽把凭鳞羽”，此句以“知多少”领起，慨叹以后两人只能借鱼雁传书，倾述彼此深深的思念之情，即收束全词，化实为虚，摇曳空灵。

这首词融场景描写、人物刻画、议论抒情于一体，体情入微，生动地表现情人间惜别的伤感之情，体现了词人别样的写作风格。

◎轶闻异物录

黯然销魂和江淹

江淹（444 年—505 年），字文通，宋州济阳考城（今河南省商丘市民权县程庄镇江集村）人。南朝政治家、文学家，历仕宋、齐、梁三朝。

江淹是南朝辞赋史上的名家，与鲍照、刘峻、徐陵齐名。现存辞赋 28 篇，全部为抒情咏物赋。江淹的辞赋传承了汉赋中“贤人失志”和“咏物”两大主题，并进一步将它们发展成以描摹内在感情为主的抒情小赋和以情思见长的体物小赋。他在传统的基础上，又融入了自身的人生遭际之悲，使辞赋从整体上呈现出“悲情”的风貌，代表作品有《恨赋》《别赋》等。其中著名的“黯然销魂”就出自《别赋》。

木兰花慢·拆桐花[1]烂漫[2]

拆桐花烂漫，乍疏雨、洗清明。正艳杏烧林[3]，缃(xiāng)桃[4]绣野，芳景如屏。倾城。尽寻胜去，骤雕鞍[5]绀(gàn)幰[6](xiǎn)出郊坰(jiōng)。风暖繁弦[7]脆管[8]，万家竞奏新声[9]。

盈盈[10]，斗草踏青[11]。人艳冶[12]，递[13]逢迎。向路旁往往，遗簪[14]堕珥[15](ěr)，珠翠纵横。欢情。对佳丽地，信金罍[16](léi)罄竭玉山倾。拚(pàn)却[17]明朝永日，画堂一枕春酲[18](chéng)。

◎注释

① 桐花：桐树花，是清明“节日”之花。

② 烂漫：色泽绚丽。

③ 艳杏烧林：杏树的花朵就像燃烧的火焰一样。

④ 缃桃：桃树的一个品种，也指这种树的花或果实。

⑤ 雕鞍：刻饰花纹的马鞍，借指马。

⑥ 绀幰：青色的车幔，代指车。

⑦ 繁弦：繁杂的弦乐声。

⑧ 脆管：笛的别称。

⑨ 新声：新颖美妙的乐音。

⑩ 盈盈：本指女性的轻盈体态，这里代指女性。

⑪ 踏青：清明前后到野外去观赏春景。

⑫ 艳冶：艳丽妖冶。

⑬ 递：递身，把身体凑上去。

⑭ 簪：用来绾住头发的一种首饰。

⑮ 珥：用珠子或玉石做的耳环。

⑯ 罍：古器名，容酒或盛水用。

⑰ 拚却：甘愿，宁愿，愿意。

⑱ 春酲：春日醉酒后的困倦。

◎译文

桐花绽放，绚丽烂漫，一阵春雨过后，景物如同洗过一样明丽。杏花开放好像燃烧的火焰，缃桃花娇艳美丽，它们装扮着郊野，美景似画屏。清明时节人们纷纷外出踏青，都是为了欣赏胜景。人们纵马驾车奔向远郊。阵阵管弦声飘入耳中，千家万户竞相奏起新颖美妙的音乐。

踏青队伍里，少女们采花斗草，艳丽妖冶的歌女递身迎合。对面路旁到处可见人们的遗簪坠珥，盛装美女真是不可计数。面对如此众多佳丽，欢爱之情油然而生。纵情畅饮，陶然大醉如玉山倾倒。甘愿明日醉后困倦，醉卧画堂。

◎创作背景

宋真宗大中祥符元年（1008年）清明节，二十五岁的柳永写下了《木兰花慢》，描写京都男女郊外踏青的情景。

◎赏析

这首词以宋代江南清明郊游景象为表现对象，生动地描绘了清明的旖旎春色和当时的社会盛况，是一首典型的“承平气象，形容曲致”之作。

上阕以浓墨重彩绘制出一幅生机盎然的清明踏青游乐图。

“拆桐花烂漫”中的一个“拆”字，写尽桐花烂漫的风致。“乍疏雨、洗清明”中的一个“洗”字，点出“清明之明”。

“正艳杏烧林，缃桃绣野，芳景如屏”，选择了“艳杏”和“缃桃”等富于艳丽色彩的景物，使用了“烧”和“绣”具有雕饰工巧的动词，以突出春意最浓时景色的鲜妍如画。

“倾城。尽寻胜去，骤雕鞍绀幰出郊坰”，是对春游盛况作总的勾勒。结尾“风暖繁弦脆管，万家竞奏新声。”则渲染了节日的气氛，达到欢庆的高潮。描写游春活动，作者不仅善于把握宏观整体场面，而且能捕捉典型的形象。

下阕着重表现江南女子郊游的欢乐。柳永这位风流才子将注意力集中于艳冶妖娆、珠翠满头的妓女的观察上。在这富于浪漫情调的春天郊野，她们艳冶出众，尽情地享受着春的欢乐和春的赐与。

“向路旁往往，遗簪堕珥，珠翠纵横”，衬托出当日游人之众。排场之盛，同时也暗示这些游乐人群的主体是豪贵之家。而作者对春之美好和生之欢乐的体验也抒发到了极致——“金罍罄竭玉山倾”，就是饮尽樽里的美酒，陶然大醉，有如玉山之倾倒。

“拚却明朝永日，画堂一枕春酲”，不是简单的“醉生梦死”，而是呕歌青楼女子在大自然中迸发的生命之乐。

这首《木兰花慢》充分体现了柳词善于铺叙的表现特征。作者依赖调式变化和句式参差，造成了一种急促的节奏和繁密的语势；同时又通过对特色景物的点染，以及大量细节的描写和场面的铺陈，将描写对象加以铺张渲染，为全词带来一种繁复之美。这是两宋时期广为传唱的“欢乐颂”和“春之歌”，体现了柳永创作风格的多样性。

◎轶闻异物录

踏青

春日郊游，也称“踏春”，一般指初春时到郊外散步游玩。踏青节的日期因时因地而异，以清明出游踏青居多。

踏青这种节令性的民俗活动，在我国有着悠久的历史，其源是远古农耕祭祀的迎春习俗。《尚书·大传》曰:“春，出也，万物之出也。”在西周,万物萌动之时,迎春郊游于野外就已成为礼制。据《礼记·月令》载:“立春之日，天子亲帅三公、九卿、诸侯、大夫以至，以迎春东郊。”先秦时，齐国有“放春三月观于野”之俗；鲁、楚也有春日出游之习。这种农耕祭祀的迎春习俗，对后世影响深远。

夜半乐[①]·艳阳[②]天气

艳阳天气，烟细风暖，芳郊澄朗[③]闲凝伫[④]。渐妆点[⑤]亭台，参(cēn)差[⑥](cī)佳树。舞腰困力[⑦]，垂杨[⑧]绿映，浅桃秾[⑨](nóng)李夭夭[⑩]，嫩红无数。度绮燕、流莺[⑪]斗双语[⑫]。

翠娥[⑬]南陌[⑭]簇簇，蹑影红阴[⑮]，缓移娇步。抬粉面、韶容[⑯]花光相妒。绛绡[⑰](xiāo)袖举。云鬟[⑱](huán)风颤，半遮檀口[⑲]含羞，背人偷顾。竞斗草、金钗[⑳]笑争赌。

对此嘉景，顿觉消凝[㉑]，惹成愁绪。念解佩[㉒]、轻盈[㉓]在何处。忍[㉔]良时、孤负[㉕]少年等闲[㉖]度。空望极、回道斜阳暮。叹浪萍风梗[㉗]知何去。

◎注释

① 夜半乐：唐教坊曲名，后用作词牌名。宋王灼《碧鸡漫志》："唐明皇自潞州还京师，夜半举兵诛韦后，制《夜半乐》《还京乐》二曲。"柳永借旧曲另倚新声，《乐章集》注"中吕调"。三阕，一百四十五字，前两阕各十句四仄韵，后一阕七句五仄韵。

② 艳阳：阳光明媚，指春天。

③ 澄朗：清净明亮。

④ 凝伫：伫立凝视。

⑤ 妆点：打扮。

⑥ 参差：树木高低不齐。

⑦ 舞腰困力：意思是杨柳随风而舞，将腰都舞困了。舞腰：舞动的腰身。这里用来形容迎风摇摆的柳枝。

⑧ 垂杨：即垂柳。古诗文中杨柳常通用。

⑨ 秾：花木繁盛。

⑩ 夭夭：绚丽茂盛的样子。

⑪ 绮燕、流莺：即燕子和黄鹂。

⑫ 斗双语：指燕与莺双双相对语。

⑬ 翠娥：指美女。

⑭ 南陌：南面的道路。

⑮ 蹑影红阴：指女子的身影在花阴中飘动。红，指女子的红妆。

⑯ 韶容：美丽的容貌。

⑰ 绛绡：红色绡绢。绡：生丝织成的薄纱、细绢。

⑱ 云鬟：高耸的环形发髻。

⑲ 檀口：红艳的嘴唇。

⑳ 钗：旧时妇女别在发髻上的一种首饰，由两股簪子合成。

㉑ 消凝：消魂，凝神。意思是因感伤而出神。

㉒ 解佩：解下佩带的饰物，刘向《列仙传》："江妃二女者，不知何所人也，出游于江汉之湄，逢郑交甫，见而悦之，不知其神人也，谓其仆曰：'我欲下请其佩。'……遂手解佩与交甫。"这里以"解佩"代指所爱的女子。

㉓ 轻盈：形容女子姿态纤柔，行动轻快。

㉔ 忍：怎忍。

㉕ 孤负：即辜负，违背，对不住。

㉖ 等闲：寻常。

㉗ 浪萍风梗：浪中的浮萍，风中的断梗，形容漂泊无定的行迹。

◎译文

阳光明媚的春天，细烟升起，暖风吹拂，我来到远郊，凝望美丽的春景。春天渐渐地将亭台打扮一新，使树木茂盛。杨柳随风而舞，好像将腰都舞累了。桃花浅红，李花华丽，浅红使春景更加美丽。燕莺鸣叫着，像是在话语。

南面的小路上美女如云，身影在花阴中飘动，缓慢地移动脚步。她们抬起漂亮的脸，姣好的容颜使那艳丽的花朵都产生嫉妒之情；她们红袖举起，高高的发髻在微风中颤抖；她们害羞得半遮住红唇，又背着人群偷偷地看；她们斗草之戏竞争激烈，笑着以金钗作为赌注。

面对如此美景，竟莫名生出伤感之情、烦愁之绪。想念起所爱之人，她现在在何处呢？怎忍辜负良辰美景，让少年时光白白平常度过。望尽天边，回首却发现夕阳已经快下山了。感叹自己像浪萍风梗一般，今后不知要往何处去。

◎创作背景

这首《夜半乐》也同上词一样，大概作于柳永青年远游时期，具体创作时间待考。

◎赏析

这首词共上中下三阕，主要描写女子春游的景象，表达了春日离情。

上阕展开广阔的视野，描写大自然绚丽的美好春光，意象错杂叠呈，色彩斑斓。先以“艳阳天气”概写时序，又以“烟细风暖”渲染弥漫于空间的和煦春意，再以“芳郊澄朗”给广袤原野涂上春色，“闲凝伫”既写词人自身在春日郊野中的情态，又点明此阕所绘春景都是“凝伫”中之所见，从而增加了所绘景色与人的亲和力。

“渐妆点亭台，参差佳树”，一个“渐”字使笔下的春景更为鲜活生动。正在生长的“参差佳树”在“妆点亭台”。亭台本是没有生机之物，它不会随着节气的变化而变化，词人缀以“妆点”二字，让大自然的变化为亭台铺设美好的环境，装扮了亭台，使亭台随之也面貌焕然一新了。

“舞腰困力，垂杨绿映，浅桃秾李夭夭，嫩红无数，”细写其中的“垂杨”“浅桃”“李”：以“垂”状写杨柳袅娜之形；以“绿映”状写杨柳清嫩欲滴之色；以“夭夭”状写桃李娇美的情态；以“嫩红无数”涂染桃李以娇艳的颜色，又与垂杨之绿相衬相映，真是一幅色彩鲜明耀眼的绿树繁花图。

“度绮燕、流莺斗双语”，词人再以工笔细绘佳树间的“绮燕”与“流莺”。“绮”本是花纹倾斜的丝织物，词中借用来状燕子展翅斜飞的体态，新颖别致而又十分传神。以“流”字修饰莺，则是表现黄莺轻盈流动的舞姿和谐婉流畅的鸣声。“绮燕流莺”前的“度”字绘出了莺燕穿飞于垂杨桃李间的情状，而之后的“斗双语”，更以拟人手法赋莺燕以灵性，让它们双双地相对召唤。它们的双双斗语，又为上阕中词人自身愁情的引发埋设了伏笔。

中阕写春光中嬉戏的美丽少女，生命活力和自然景色相契如一。从“翠娥南陌”“缓移娇步”“粉面、韶容”“檀口含羞”“背人偷顾”到“金钗笑争赌”，描写了一群游春的少女一系列的表情、动作和心理，绘制了一幅富有情趣与生机的少女游春图。从在人前的娇羞之态，到斗草嬉戏时的拔下金钗为争胜赌注的活泼欢快热闹场面，既是场景描写，更是性格化的描绘，完全再现了女孩子们的天真无邪、无忧无虑、活泼欢快的性格和心理。

下阕情感陡然直下，直抒漂泊生涯中孤寂的情怀。“对此嘉景，顿觉消凝，惹成愁绪”，写词人陶醉于嘉景之中霎时间形消神凝，竟忘掉了自身的存在。但陶醉毕竟是短暂的，他旋即又回到了现实，“嘉景”中的艳阳春色、双双莺燕、娇美女子反惹出了自己满怀的愁绪。

“念解佩、轻盈在何处。忍良时、孤负少年等闲度。空望极、回首斜阳暮。叹浪萍风梗知何去”，这几句以“念”“忍”“空”“叹”四个强化感情的字，引领出四个层次，层层铺衍自己的愁绪。

一个“忍”字领起“良时孤负少年等闲度”，就写尽了词人内心的苦痛与失衡。词人不禁极目远望，看到的却是“斜阳暮”，伊人不见,前尘不再,显出“空”字的分量。最后用一个“叹”字，哀悼自己如浪中之萍、风中之梗的身世处境。

全词三阕，纵向看，依序写来，由客观之景而及景中之人，由景中之人而及景外之己，环环相扣，逐阕深化，纹丝不乱，富有层次感；横向看，三阕分别写景、绘人、抒己，又形成三足对峙的形势，均衡完整，相依相辅，缺一不可。由此词可见柳永长调慢词结构布局之精妙。

◎轶闻异物录

词牌夜半乐

夜半乐,原是唐代教坊曲名,后用作词调名。任半塘《教坊记笺订》云:“《夜半乐》与《喜回銮》《帝归京》《喜还京》等应同一本事。”段安节《乐府杂录》载:“明皇自潞州入平内乱，半夜斩长乐门关，领兵入宫翦逆人后，撰此曲，名《还京乐》。因夜半入宫，或以为即此曲演成。”以上记载，说明此调原为唐明皇避乱还京平乱后之作，为纪功之宫廷乐曲。此调之词初见于柳永《乐章集》，是柳永借旧时曲名“另倚新声”之作。

夜半乐・冻云[1]黯淡[2]天气

冻云黯淡天气，扁舟[3]一叶，乘兴离江渚[4]。渡万壑千岩[5]，越溪[6]深处。怒涛渐息，樵风[7]乍起[8]，更闻商旅[9]相呼，片帆高举。泛画鹢[10]（yì）、翩翩[11]过南浦[12]。

望中酒旆[13]闪闪，一簇烟村[14]，数行霜树[15]。残日[16]下、渔人鸣榔[17]归去。败荷零落，衰杨掩映，岸边两两三三，浣纱游女[18]。避行客，含羞笑相语。

到此因念，绣阁轻抛[19]，浪萍难驻[20]。叹后约[21]丁宁[22]竟何据[23]。惨离怀、空恨岁晚归期阻。凝泪眼、杳杳[24]神京[25]路。断鸿[26]声远长天暮[27]。

◎注释

①冻云：冬天浓重聚积的云。

②黯淡：因为云厚而天气阴暗。

③扁舟：小船。

④江渚：江边。

⑤万壑千岩：出自《世说新语・言语》：顾恺之自会稽归来，盛赞那里的山川的美，说："千岩竞秀，万壑争流。"这里指千山万水。

⑥越溪：泛指越地的溪流。这里是指浙江会稽曹娥江剡溪。

⑦樵风：指顺风。

⑧乍起：指山风突然的吹起来。

⑨商旅：行商的旅客，这里泛指旅客。

⑩画鹢：船首画鹢鸟，以图吉利。鹢是古书上说的一种水鸟，不怕风暴，善于飞翔。这里以"画鹢"代指舟船。

⑪ 翩翩：形容穿行轻快的样子。

⑫ 南浦：南岸的水边，泛指水滨。

⑬ 酒旆：酒店用来招引顾客的旗幌。

⑭ 一簇烟村：一处冒着炊烟的村庄。

⑮ 霜树：经霜的树木。

⑯ 残日：夕阳。

⑰ 鸣榔：用木长棒敲击船舷。渔人有时用木长棒敲船，使鱼受惊入网；有时用它敲船作为唱歌的节拍。这里用后者，即渔人唱着渔歌回家。

⑱ 浣纱游女：水边洗衣劳作的农家女子。

⑲ 绣阁轻抛：轻易抛弃了偎红倚翠的生活。

⑳ 浪萍难驻：漂泊漫游如浪中浮萍一样行踪无定。

㉑ 后约：约定以后相见的日期。

㉒ 丁宁：同“叮咛”，临别郑重嘱咐。

㉓ 何据：有什么根据。这里是说临别时相互的约定、嘱咐都不可靠，都无法实现。

㉔ 杳杳：遥远的意思。

㉕ 神京：指都城汴京。

㉖ 断鸿：失群的孤雁。

㉗ 长天暮：远天出现茫茫暮色。

◎译文

寒云笼罩，天色暗淡，我乘一叶小舟，兴致勃勃地离开江渚。越过千山万水，进入了刈溪的深处。狂怒的波涛渐渐平息，山风突然间刮起，又听到商贾们相互打招呼。一片片风帆高高挂起，一条条画船轻快地驰过南浦。

看岸上酒旗随风飘舞，一座山村烟云迷蒙，村边还有几行经霜的树。夕阳下，打鱼人敲着木榔归去。残败的荷花零零落落，池边掩映一排排光秃的杨柳。岸边三三两两的是一群浣纱的少女，她们躲避着行人，害羞地含笑相语。

行到此处，勾起了我的思念，悔不该轻率地抛开闺中女子，像水中浮萍漂流难驻。唉，与她的约定不知何时才能兑现？别离的情怀凄凉，只空恨年终岁晚归期受阻。泪水涟涟，凝望遥遥京城路，听那孤鸿声声回荡在悠远的暮天中。

◎创作背景

宋仁宗天圣五年（1027 年），柳永在杭州一带漫游，在会稽曹娥江游剡溪时写下了这首《夜半乐》。

◎赏析

这首词是柳永用旧曲创制的新声，表达了多年未归的游子想家的心情。

上阕叙述舟行的经历。“冻云黯淡天气，扁舟一叶，乘兴离江渚。”交待了出发时的天气、时令、地点。一个“冻”字说明天气正是初冬。“黯淡”与“乘兴”对比写自己乘一叶扁舟离开时的心情。

“渡万壑千岩，越溪深处。”给人以“轻舟已过万重山”的轻快感觉。“怒涛渐息，樵风乍起，更闻商旅相呼，片帆高举。”描写从万壑千岩的深山出来，到了开阔江面上，浪息风起，听见船客彼此高兴地打招呼心情似乎很好。“泛画鹢、翩翩过南浦。”这里词人借景抒情，表达了当时愉快的心情。

中阕转而描写满目萧条的秋冬季节景色。“望中酒旆闪闪，一簇烟村，数行霜树。”其中“霜树”“残日”“败荷”“衰杨”，表达了作者对时光匆匆感慨。最后一句“避行客,含羞笑相语。”唤起了词人心底的种种思绪，为下面的抒情埋下伏笔。

下阕写的是对羁旅的感慨，用“到此因念”展开，“此”字直承上阕末的写景，“念”字引出要表达的离愁别恨。“绣阁轻抛”是后悔当初轻率离家；“浪萍难驻”是慨叹今日浪迹他乡。最使词人感到凄楚的是后会难期，“叹后约丁宁竟何据。惨离怀、空恨岁晚归期阻”。这是从不同角度抒写难以与亲人团聚的感慨。这里用“叹”“惨”“空”“凝”“断”引领各句，节奏急切，传神地表达了去国离乡的离愁和羁旅行役的苦况，令人读来心神惨然。

柳永词善于铺叙，上、中阕写景，感情悠游不迫，笔调舒徐从容，由叙述转为描绘。描叙内容也从自然现象转到社会人事，整体上层次分明，铺排有序。下阕抒情，感情汪洋恣肆一发难收，抒写了悔当初、恨现在的感情，围绕着“别易会难”这一主题作多角度的反复抒写。音韵上，从“叹后约”句开始，用韵转密，如促节繁弦，正好适应了硬咽语塞、一吐为快的抒情需要。写景，为抒情铺垫；徐缓，为急骤蓄势。通篇转承自然、浑若天成，体现了柳永长调的突出特点。

◎**轶闻异物录**

西施浣纱

西施，是指春秋战国时越国的美女西施。她在河边浣纱时，鱼儿看见她美丽的倒影，竟忘记了游水，渐渐地沉到河底，因此西施这个“沉鱼”的代称就流传开来。浣纱后来也代指西施。浣，是“洗”的意思。唐朝时，国家规定政府官员每月必须洗三次澡，每次洗澡称为一浣，一月有上浣、中浣、下浣，后来这一说被借作上旬、中旬、下旬别称。纱是苎麻，本地人称为“苎萝”，为荨麻科麻植物，多年生草本，其茎部柔韧而有光泽，取其茎皮（纤维）用来织布、结网。

曲玉管[①]·陇首[②]云飞

陇首云飞，江边日晚，烟波满目凭阑[③]久。立望关河[④]萧索，千里清秋[⑤]。忍凝眸[⑥]。

杳杳[⑦]（yǎo）神京[⑧]，盈盈[⑨]仙子[⑩]，别来锦字[⑪]终难偶[⑫]。断雁[⑬]无凭，冉冉[⑭]飞下汀[⑮]洲。思悠悠[⑯]。

暗想当初，有多少、幽欢佳会，岂知聚散难期，翻成雨恨云愁[⑰]。阻追游[⑱]。每登山临水，惹起平生心事，一场消黯[⑲]，永日[⑳]无言，却下层楼[㉑]。

◎注释

①曲玉管：原唐教坊曲名，后用为词牌。调见柳永《乐章集》，入”大石调”。以柳永词《曲玉管·陇首云飞》为正体，双调一百五字，前段十二句两叶韵、四平韵，后段十句三平韵

②陇首：古山名，也称陇坻、陇坂，今陕西甘肃交界处险塞。

③凭阑：即凭栏，倚靠着楼台的栏杆。

④关河：关塞河流，这里泛指山河。

⑤清秋：明净爽朗的秋天。

⑥凝眸：注视，眼神集中不动。

⑦杳杳：遥远渺茫。

⑧神京：帝京，京都，这里指汴京（今开封）。

⑨盈盈：形容女子娇媚可爱的神态。

⑩仙子：比喻美女，这里指词人所爱的歌女。

⑪锦字：又称织绵回文。指妻寄夫的书信。

⑫难偶：难以相遇。

⑬断雁：指鸿雁没有担负起传递书信的任务。

⑭ 冉冉：渐渐，形容慢慢飞落的样子。

⑮ 汀：水中或水边的平地。

⑯ 思悠悠：思念的情绪绵绵不绝。

⑰ 雨恨云愁：指两人的爱情不能成功，心头充满悔恨哀愁。

⑱ 阻追游：被某种力量阻碍而不能自由追寻自己的所爱。

⑲ 消黯：黯然销魂。

⑳ 永日：长日。长，兼指时间或空间的延伸。

㉑ 却下层楼：只得无精打采地走下高楼。

◎译文

山岭之上，云彩飞过，江边，落日余晖洒落。我凭栏久久望去，眼前是一片烟波，山河是那么清冷萧条，这秋日景象，让人不忍长久注视。。

遥远的京城里，有一位娇媚可爱的佳人。自从分手以来，再也没有她的音信。鸿雁未将锦书送，慢慢飞落在水边，只能使我的愁思更长。

回想当初有多少欢娱的幽会，谁知聚散难以预料，现在只能无限忧愁。千里之外我们无从相见，只有彼此思念。每当我又见山水美景，都会勾起我的回忆，只好默默无语，独自下楼去。

◎创作背景

宋仁宗明道元年（1032 年），柳永在渭南一带漫游，写下这首《曲玉管》。

◎赏析

这首词通过描写居者高楼凝望怀念远人，而游子同样怀念京都居者的心理描写，表达了相恋之人两地相思的别愁苦绪，

上阕从高楼凝望所见，暗隐游子飘泊的生活。“陇首云飞，江边日晚”借用梁朝柳恽的名句“亭皋木叶下，陇首秋云飞”，

描写景物，由近及远，由实而虚。当他遥“望”看到“云飞”“日晚”“烟波”时，却看到的是“关河萧索”，不堪久望，只能“忍凝眸”。这段写景，将内心活动全部贯注到所写的景物之上，达到了情景交融，表达了内心惆怆失望的心情。

中阕写游子在旅途中对情人的思念。“杳杳神京”写所思之地汴京；“盈盈仙子”写所思之人。“别来锦字终难偶”中的“锦字”化用窦滔、苏蕙夫妻之典故，说“仙子”虽想寄与锦字，而终难相会。“断雁无凭”，即鸿雁传书仅是个传说，因此“无凭”，只能是“冉冉飞下汀洲”。这句由虚而实，体现出既得不着信又见不了面的惆怅心情。最后以“思悠悠”作总结，与上阕“忍凝眸”遥应，思想更深入一层。

下阕描写游子反省惆怅的原因，是对上阕“思悠悠”的铺叙。“暗想当初……”，词人回想自己惆怅的原因，原来是因为想念旧日的爱情。“阻追游”表达了作者难以言说的辛酸。此时，作者指出这种“忍凝眸”“思悠悠”并不是一次，而是许多次，每次“登山临水”就“惹起平生心事”。

这首词以写景抒情为脉络，由眼前所见联想到所思之人，又将情景交织起来，步步深入，结构紧密有序，内容丰富多彩，极富艺术欣赏价值。

◎轶闻异物录

回文诗

回文诗是能够回还往复、正读倒读皆成章句的诗篇，是中华文化独有的一朵奇葩。历史上最著名的回文诗是《璇玑图》。据史记载：前秦时期，秦州刺史窦滔因罪被流放到流沙县。夫妻天各一方，他的妻子苏蕙为了表达她对丈夫的思念与关心之情，特地在一块锦缎上绣上八百四十个字，纵横二十几个字的方图，无论反读、横读、斜读、交互读、退一字读、迭一字读，均可成诗，共能读出三千七百五十二首诗，才情之妙，贯古超今。晋代以后，人们用这种修辞手法造句、写诗、填词、度曲，分别称为回文诗、回文词和回文曲。

迷神引[1]·红板桥[2]头秋光暮[3]

红板桥头秋光暮，淡月映烟[4]方煦[5]（xù）。寒溪蘸碧[6]，绕垂杨[7]路。重（chóng）分飞[8]，携纤手[9]、泪如雨。波急隋堤[10]远，片帆[11]举。倏忽年华改，向期阻。

时觉春残，渐渐飘花絮[12]。好夕良天长孤负[13]。洞房闲掩，小屏[14]空、无心觑。指归云，仙乡[15]杳、在何处。遥夜[16]香衾暖，算谁与。知他深深约，记得否。

◎注释

①迷神引：词牌名，柳永自制曲，《乐章集》注为“中吕调”。双调，九十七字，上阕十一句六仄韵，下阕十三句六仄韵。

②红板桥：汴京顺天门外的板桥。

③秋光暮：秋天的夜晚。

④烟：雾气。

⑤煦：温暖；暖和。

⑥寒溪蘸碧：寒冷的溪水如同蘸了染料一样清澈。

⑦垂杨：即垂柳，古人将杨柳混称。

⑧重分飞：重新回忆起当初分别时的情景。分飞：分别。

⑨纤手：女子柔细的手。

⑩隋堤：汴河大堤，因筑于隋代，所以称隋堤。

⑪片帆：多指孤舟，这里是其本意，即一片船帆。

⑫花絮：柳絮。

⑬孤负：辜负。孤，古同“辜”。

⑭小屏：即小屏风，放在室内用来挡风或隔断视线的用具。

⑮仙乡：仙人所居处，借称所爱者的居处。

⑯遥夜：长夜。

◎译文

秋日夜晚，我来到红板桥，月色映着淡淡的雾气，显得没有那么寒冷。寒冷的溪水如同蘸了染料一样清澈，垂柳之资倒映其中。重新回忆起当初分别时的情景，执着佳人玉手，泪水就像雨水不停落下。水中波浪很急，隋堤很远，船帆升起来。时光过得很快，怎奈归期被阻隔。

现在已是暮春，渐渐地飘起了柳絮。良辰美景却总是被辜负。房门虚掩，空有小屏，却无心去看。归心似箭，但恋人在何处呢？香被虽温暖，这漫漫长夜却无人相守？与他深切的约定，他还记得吗？

◎创作背景

这首词大概是柳永写于游历江浙时，具体创作时间待考证。

◎赏析

这首词通过描写词人与妻子秋日别离的情景，以及分别后妻子对丈夫的思念，赞扬了一份美好的情感。

上阕主要写秋日夜晚离别的情景，着重渲染惨淡、冷寂的夜晚景色，以及分别时的凄惨情景。“红板桥头”是写分别之地，“秋光暮”是写分别之时。“淡月映烟方煦。寒溪蘸碧，绕垂杨路”是写分别之景。其中“淡月”“寒溪”“垂杨”等意象渲染出了分别时的凄凉气氛，为下面分别情景作了充分的铺垫。

“携纤手、泪如雨”与《雨霖铃·寒蝉凄切》之“执手相看泪眼”形似而实不同。《雨霖铃》是从男子的角度落笔，而这里是从女子的角度写。

“波急隋堤远，片帆举。”波之“急”，帆之“举”形容离人迅速从送别人的眼前消失。堤之“远”暗喻离恨的绵长悠远。“隋堤”代表送别意象。

以“倏忽年华改，向期阻。”结束上阕，成为连接秋日分别与下阕春日相思的过渡。

下阕写恋人因思念词人而无心欣赏春景。词中不再有春景的描绘，只有“渐渐飘花絮”这个典型的残春景象，表现着春光的最后一抹印迹，又包含着青春流逝的悲哀。

“洞房闲掩，小屏空”，描写屋子的冷清，表达了百无聊赖的孤寂。女主人公一心想着恋人，但恋人仙乡杳远不知何处。天边那缥缈无定“归云”正像远游的恋人，故而不免“指归云”、望“仙乡”，而叹路“杳”、伤“何处”了。因此，她也产生了疑虑，发出“知他深深约，记得否”的疑问。

这首词从女子的角度着笔，自秋至春，由景及情；自分别至独处，由实境及前程；层层推进，多侧面地表现了一位相思中的女子，且写得疏淡雅静、含蕴深沉，可称得上是一首颇有特色的作品。

◎轶闻异物录

隋堤

隋堤，是指隋朝大运河河堤。隋炀帝大业元年（605年）开通济渠，自西苑引谷水、洛水入黄河；自板渚引黄河入汴水，经泗水达淮河；又开邗沟，自山阳至扬子入长江。据载，隋朝大运河河渠，广四十步，渠旁筑御道，栽植绿柳成行，西自黄河东至淮，绵延四十五公里。

此后，历代都有诗描写隋堤。唐白居易《隋堤柳》有诗：“隋堤柳，岁久年深尽衰朽，风飘飘兮雨萧萧，三株两株汴河口。”唐刘禹锡《柳絮》：“何处好风偏似雪，隋河堤坝上古江津。”宋周邦彦《兰陵王》词：“隋堤上，曾见几番，拂水飘绵送行色。”

迷神引·一叶扁舟轻帆卷[①]

一叶扁舟轻帆卷，暂泊楚江[②]南岸。孤城暮角[③]，引[④]胡笳[⑤]怨。水茫茫，平沙雁，旋[⑥]惊散。烟敛[⑦]寒林簇[⑧]，画屏[⑨]展。天际遥山小，黛眉浅[⑩]。

旧赏[⑪]轻抛，到此成游宦[⑫]。觉客程劳，年光晚。异乡风物，忍萧索、当愁眼。帝城赊[⑬]，秦楼阻，旅魂乱[⑭]。芳草连空阔，残照满。佳人无消息，断云[⑮]远。

◎注释

①轻帆卷：将船的风帆收卷，此是为停泊船只做准备。

②楚江：泛指南方的河流。

③角：画角，古代军中乐器，上有绘画装饰，其音高亢哀厉。

④引：乐曲体裁之一，有“序曲”的意思。

⑤胡笳：我国古代北方民族的一种乐器，形似笛子。

⑥旋：随即。

⑦敛：收起，散尽。

⑧簇：从聚。

⑨画屏：用图画装饰的屏风。

⑩黛眉浅：古诗文中有时将山比作女子的眉毛。黛眉：女子的眉毛。浅：形容颜色浅淡。

⑪旧赏：指往日的欢快如意的事情。

⑫游宦：远离家乡在官府任职。

⑬赊：遥远。

⑭旅魂乱：在宦途上奔波的人心情沮丧，烦乱不堪。魂：心灵，情绪。

⑮断云：片云。

◎译文

一艘小船将风帆收卷，暂时停泊在楚江南岸。傍晚时分，孤城中响起阵阵画角声，又有胡笳曲呜咽哀怨。江水白茫茫，沙滩上栖息的大雁顷刻间全部被惊散。暮霭如烟般笼罩在林间，秋林映入眼帘，如一幅幅画屏。看天边遥遥群山是那么细小，浅淡如同美人的眉毛。

以往的欢快之事轻易逝去，来到此遥远之地为官。深深感到旅途劳顿，眼看又到岁暮年关。不忍看异乡景物，一片萧索，进入眼中又添愁烦。京城是这般遥远，秦楼楚馆也无法再去，让我心烦意乱。芳草萋萋伸向空阔的天边，夕阳洒满河山，佳人杳无音信，像被风吹走的浮云一样远去不返。

◎创作背景

宋仁宗庆历三年（1043年），柳永六十岁，调任泗州判官，此时柳永任地方官已三任九年，且在余杭、定海都有政绩，按理应当升职，但是竟然没有。这首词是柳永经淮水赴泗州途中写下的，抒发了羁旅行役不得志之情。

◎赏析

这是一首典型的羁旅行役之词，通过对暮色中寒江山林的描写，以及对往昔的回忆，表达了对美好时光一去不复返的慨叹，也是词人对自己人生命运的慨叹。

上阕对景色进行层层白描，用借景抒情的手法形象地表达了词人羁旅凄凉感受，给人以身临其境之感。

“一叶扁舟轻帆卷，暂泊楚江南岸”，写孤舟停泊在“楚江”的“孤城”，用以突出偏僻的边远山区景象。“孤城暮角，引胡笳怨”，则勾起了羁旅凄伤的情绪，更加深了旅途的寂寞。“水茫茫，平沙雁，旋惊散。烟敛寒林簇，画屏展。”是对寒江山林暮色的描写，反映了词人“怨”“惊”“寒”的情绪。

下阕直接抒发对宦游生涯的感慨。“旧赏轻抛，到此成游宦”，为总写。“觉客程劳，年光晚。异乡风物，忍萧索、当愁眼。”围绕“游宦”写自己年事衰迟、旅途劳顿，抒发了宦游行役的愁苦，以及对远人的无限怀念。

按宋代官制，初等地方职官要想转为京官是相当困难的，所以在词人看来，帝城是遥远难至的，因此词人概叹“帝城赊，秦楼阻”，以至“旅魂乱”。词人深感“旧赏”与“游宦”难于两全，为了“游宦”而不得不“旧赏轻抛”，从词中的描写可看出作者内心十分矛盾和痛苦。

“芳草连空阔，残照满”，形象地暗示了阻隔之意。“芳草”“残阳”也是青春与衰亡的对比。结尾“佳人无消息，断云远”补充了“秦楼阻”之意，形容旧情像一片断云随风而逝。

这首词语言直白浅显，清醇优雅，把深厚的感情寄于大量的意象之中，真挚感人，言有尽而意无穷，情调凄清，气韵沉郁，达到很高的艺术水平。

◎轶闻异物录

胡笳

胡笳，是一种乐器。秦汉时期就出现了原始的胡笳。它是将芦苇叶卷成双簧片形状或圆椎管形状，首端压扁为簧片，且将簧、管混成一体的吹奏乐器。《太平御览》(卷五八一)载:“笳者，胡人卷芦叶吹之以作乐也，故谓曰胡笳。”《乐府诗集》中亦有:“卷芦为吹笳”，原始的胡笳曾用于战争之中，西汉之时已广泛流行于塞北和西域一带，现流行于内蒙古自治区、新疆维吾尔族自治区伊犁哈萨克自治州阿勒泰地区。

女冠子·淡烟[1]飘薄[2]

淡烟飘薄。莺花谢[3]、清和[4]院落。树阴翠、密叶成幄[5]。麦秋[6]霁(jì)景[7],夏云忽变奇峰[8]、倚寥廓。波暖银塘[9],涨新萍[10]绿鱼跃。想端忧多暇,陈王是日,嫩苔生阁[11]。

正铄(shuò)石天高,流金昼永[12],楚榭[13]光风转蕙[14],披襟处、波翻翠幕[15]。以文会友[16],沈李浮瓜[17]忍轻诺[18]。别馆[19]清闲,避炎蒸[20]、岂须河朔[21]。但尊前随分[22],雅歌艳舞,尽成欢乐。

◎注释

①淡烟:轻烟,轻淡的烟雾。

②飘薄:同“飘泊”,这里有飘荡的意思。

③莺花谢:意思是春天离去了。莺花:莺啼花开,用以泛指春天的景物。

④清和:指天气清明和暖。

⑤幄:帐幕。

⑥麦秋:指农历四、五月麦子成熟的时候。

⑦霁景:雨后晴明的景色。

⑧夏云忽变奇峰:意思是夏天的云随风势而变化,忽然间变成奇峰的样子。

⑨银塘:清澈明净的池塘。

⑩新萍:新生的浮萍。

⑪想端忧多暇,陈王是日,嫩苔生阁:谢庄《月赋》:“陈王初丧应刘,端忧无限,绿苔生阁,芳尘凝榭。”陈王:曹植的封号。

⑫ 正铄石天高，流金昼永：天气渐热，昼长夜短。铄石、流金：形容天气炎热，可使金石熔化。

⑬ 楚榭：台榭。“楚”是因后文引《楚辞》典故而言，并非说人在楚地。

⑭ 光风转蕙：《楚辞·招魂》：“光风转蕙，氾崇兰些。”王逸注：“光风，谓雨已日出而风，草木有光也。转，摇也。”

⑮ 披襟处、波翻翠幕：意思是游兴正浓时，看见波光涌动，好像翠幕在翻滚。

⑯ 以文会友：通过文字结交朋友。

⑰ 沈李浮瓜：将瓜果浸在水中。

⑱ 轻诺：轻易许诺。

⑲ 别馆：客馆。

⑳ 炎蒸：暑热熏蒸。

㉑ 河朔：古代泛指黄河以北的地区。

㉒ 随分：随我本性。

◎译文

轻烟微微飘荡，春景已开始衰败，在院落中可以感到天气清明和暖。翠绿的树叶密集成荫，如帐幕一样。麦秋四月，雨后景色清明，多变的夏云变成奇峰模样，挂在辽阔的天空。清澈明净的池塘荡起层层波浪，温暖耀眼，水面上弥漫着新生绿萍，鱼儿欢快频跃。离别后想起陈王曹植初丧应刘的日子，愁绪万端，以致亭阁绿苔生、芳尘凝。

正值天气渐热、昼长夜短之时，台榭上，微风摇动草木兰蕙。游兴正浓时，看见波光涌动，好像翠幕在翻滚。不要轻易许诺，那以文会友、沈李浮瓜的消夏乐事。客馆清静悠闲，避开暑热熏蒸，何须去黄河以北？只需在酒宴上，随我本分，吟雅诗、观艳舞，都是快乐。

◎创作背景

这首词大约是柳永在江南作官时所作。词中所写的景物是江南四月的风光，因而此词当作于农历四月，具体创作年份仍有待考证。

◎赏析

这首词通过描写初夏万物生机勃勃的风景及消夏宴饮时的欢乐，歌颂了大自然无限美好的风光，表现出词人面对一切美好事物时的愉悦心境。

上阕描绘了初夏的自然风光和万物生机勃勃的景象。上阕以五韵十句从不同角度、不同方面，用不同笔法描绘初夏景象风光。在写景上，显示出柳词长于铺陈的特点。

“淡烟飘薄”用极细致的笔触概写天气晴好的氛围，透出闲雅的情调。“莺花谢”“树阴翠”“麦秋霁”这些典型景物点出了初夏时令的气象，暗示出词人此刻平和的心境。“夏云忽变奇峰、倚寥廓”传神地描写了夏季天空中的云朵状态，表达了作者心情舒朗畅快的感觉。

“波暖银塘”“新萍绿鱼跃”通过动态的意象描绘，形象地展现了初夏万物生发的生命活力。在绘景之后，以“想”引出“端忧多暇，陈王是日，嫩苔生阁”，转入抒发感想。“陈王”一典见于谢庄《月赋》，原意是说曹植因丧友忧愁郁闷，无心观赏夏日美景，以致使绿苔生阁，芳尘凝榭。词人反用此典，惋惜曹植辜负了这大好景色空自忧伤，借以表达自己面对美景时的舒畅心情。

下阕通过运用大量典故抒写出词人愉悦的心境。开始即连用三典。“铄石”“流金”见《淮南子·诠言》，这里用来形容夏日天气炎热的程度，已到了使金石熔化的地步。在这炎热夏季，能有阵阵轻风拂面自然十分惬意，于是又借《楚辞·招魂》中“光风转蕙”写夏日晴风带来的美景，再以《风赋》中楚王游于兰台披襟迎风之典，写出“披襟处、波翻翠幕”之句。

“以文会友,沈李浮瓜忍轻诺”,中的“以文会友”典出《论语》。原文“以文会友”的目的在于“以友辅仁”，而柳永只用来表现文友相聚的欢乐。曹丕的“沉李浮瓜”典故原本是说悲伤忆旧的聚会，这里反用来描写消夏宴游的欢会。“忍轻诺”是引用了老子“轻诺必寡信”。“轻诺”前加一个“忍”字，是写他警告自己不要在酒宴上信口胡说。以上三个典故一起连用，一气呵成，浑然有如一体。

这是一首较为特别的词，也是一首值得称道的词。第一，从描绘的景象看，此词描绘的是初夏自然风光和万物生机勃勃的景象，取代了柳词中常见的萧瑟冷清的秋暮景象。第二，从抒发的情感看，此词没有柳词中常见的那种或浓重的愁绪，而是以轻快的笔调抒写了愉悦的心境。第三，从抒写的手法看，此词用典中有反用又有正用，而且典故的运用能够做到恰到好处地表达词人的感情。第四，从所用的语言及表现出的情调看，这是一首颇具豪气和极其雅致的典型文人词。这些典故的运用和“以文会友”都表现出文人所特有的雅兴。虽然末句略露柳永喜好艳情，但对整首词的意境并没有太大的影响。

◎轶闻异物录

沈李浮瓜

古代没有电冰箱，而且普通人家也享用不起冰块，那人们在炎炎夏日如何吃上冰镇的食物以消暑呢？原来，古人是用井水来冰镇食品。“沈李浮瓜”就是把李子瓜果放在井水中。“沈”通“沉”。曹丕在《与朝歌令吴质书》一文中就用“浮甘瓜于清泉，沈朱李于寒水”之句，描述了人们“沈李浮瓜”的情景。

因为夏天的井水十分冰凉，而且清泉、井水本身皆有甘甜的味道，在祛除瓜果中温热之气的同时也增加了瓜果香甜的口感。更重要的是，它拂去了人们心头的燥热，使得炎热的夏日变得凉快。

昼夜乐·洞房[1]记得初相遇[2]

洞房记得初相遇。便只合[3]、长相聚。何期小会[4]幽欢[5]，变作离情别绪[6]。况值阑珊[7]春色暮[8]。对满目、乱花狂絮[9]。直恐好风光，尽随伊[10]归去。

一场寂寞凭谁诉[11]。算前言[12]、总轻负[13]。早知恁(nèn)地难拼[14]，悔不当时留住。其奈风流端正[15]外，更别有、系人心[16]处。一日不思量，也攒(cuán)眉千度[17]。

◎注释

① 洞房：这里并非指结婚的新房，而是指女子的闺阁。

② 初相遇：第一次见面。

③ 只合：只应该。

④ 小会：指两个人的秘密相会。

⑤ 幽欢：幽会的欢乐。

⑥ 离情别绪：分离前后惜别、相思的愁苦情绪。

⑦ 阑珊：残、将尽。

⑧ 春色暮：即暮春，春天最后一段时间，指农历三月。

⑨ 乱花狂絮：纷繁的花、乱飞的柳絮。

⑩ 伊：是第三人称代词，多指女性，这里指“伊”指男性。

⑪ 凭谁诉：向何人诉说。

⑫ 前言：以前说过的话。

⑬ 轻负：轻易地辜负。

⑭ 恁地难拼：这样地难过。难拼：指难以和离愁相拼。

⑮ 风流端正：举止潇洒、品行正派。

⑯ 系人心：令人牵挂。

⑰ 攒眉千度：皱眉一千遍，形容整天愁眉紧锁。攒眉，愁眉紧锁。

◎译文

记得初次相遇时，便以为会永远在一起。谁知道短短的幽会欢好，转眼变成分离前后的惜别、相思。又恰好赶上暮春时节。面对满眼纷繁的花、乱飞的柳絮，心里恐慌着这美好的春光将全部随他的离去而消失了。

一场情爱最终寂寞，又跟谁说呢？想起以前的海誓山盟，被轻易辜负了。早知道如此难受，后悔当初不把他留住。奈何他除了长得风流端正，更还有让人朝思暮想的地方。一天不想他就要皱千次眉了，更何况想他呢？

◎创作背景

这首词创作时间约在宋仁宗天圣年间至景祐元年（1024 年—1034 年），因为这是柳永诗词创作成熟并形成了自己风格后的一首典型代表作，所以这首词大概是在其父去世和诗人及第入仕前这个时间段所作。

◎赏析

这首词以追忆的方式，通过描写一个独居索寞、伤春怀人女子短暂而难忘的爱情故事，抒写浓浓的相思之情，也展现了人的心理变化之无常，但是痴心痴情的人解不开心中情结，继续沉浸在回忆与相思之中。

上阕“况值阑珊春色暮”之“况值”用得极妙，一方面表示了由追忆回到现实的转换，另一方面又带出了见景伤情的原因。“直恐好风光，尽随伊归去”，之“直恐”用得也很恰当，事实上春归与人去是无内在联系的，可她所作的主观怀疑性的判断却将两者联系起来了，这纯粹是情感的附着作用所致，由此可说明思念之强烈。

下阕的“算前言、总轻负”是描写由于言而无信，损伤了彼此的感情。

“一日不思量，也攒眉千度”，形象地表现了这位妇女悔恨和思念的精神状态。

这首词以长调的形式，纵横驰骋，铺叙展衍，层层递进，把女主人公细腻深婉的内心世界表现得曲折往复，使读者清晰地感觉到了她的个性与生命的真实存在。

◎轶闻异物录

洞房的渐变

“洞房”一词出现很早，但最初并不是指结婚的新房。在远古时期，人和动物一样居住在洞穴里，因此“洞房”最初含有洞穴的意思。

“洞房”一词的出现，据说是因为汉代才子司马相如曾作《长门赋》，其中有一句“悬明月以自照兮，徂清夜于洞房”。这里的“洞房”是指幽深的宫室。

中唐以后，洞房渐渐引申为新婚婚房。诗人朱庆科在《近试上张籍水部》诗中留下了脍炙人口的诗句：“洞房昨夜停红烛，待晓堂前拜舅姑。”《古今小说·金玉奴棒打薄情郎》：“双双拜了天地，又拜了丈人、丈母，然后交拜礼毕，送归洞房做花烛筵席。”宋人洪迈在《容斋随笔》里更有“洞房花烛夜，金榜题名时”的佳句流传后世。此后，洞房也就慢慢成为新婚夫妇新房的专称，一直沿用至今。

西施[①]·自从回步[②]百花桥[③]

自从回步百花桥。便独处清宵[④]。凤衾[⑤](qīn)鸳枕[⑥],何事[⑦]等闲抛[⑧]。纵有馀香[⑨],也似郎恩爱,向[⑩]日夜潜消[⑪]。

恐伊不信芳容[⑫]改,将憔悴[⑬]、写霜绡[⑭](xiāo)。更凭锦字[⑮],字字说情憀[⑯](liáo)。要识愁肠,但看丁香树[⑰]。渐结尽春梢[⑱]。

◎注释

① 西施：词牌名,因咏西施而得名。柳永自度曲,《乐章集》注为"仙吕调"。双调，七十一字，前段七句四平韵，后段七句三平韵。

② 回步：返回。

③ 百花桥：指元彻、柳实与仙女相会的地方。《续仙传》载：唐元和初，元彻、柳实赴浙右省亲，遭遇海风飘至孤岛，幸得南溟夫人相助，以百花桥送二人出岛，桥长数百步，栏槛之上，皆有异花。

④ 清宵：清静的夜晚。

⑤ 凤衾：绣有凤凰花饰的被子。

⑥ 鸳枕：绣有鸳鸯的枕头。

⑦ 何事：为什么。

⑧ 抛：抛弃。

⑨ 馀香：残留的香气。

⑩ 向：怎奈。

⑪ 潜消：不知不觉地消逝。

⑫ 芳容：指美好的容颜、仪态。

⑬ 憔悴：形容人瘦弱，面色不好看。

⑭ 霜绡：白绫，也指画在白色绫子上的真容。

⑮ 锦字：即"锦书",即妻子寄给丈夫的书信。

⑯ 情憀：悲思的情绪。

⑰ 丁香树：落叶灌木或小乔木，又名鸡舌香，丁子香。丁香花蕾称丁香结，古代诗词常用以喻愁思固结不解。

⑱ 春梢：春末，暮春。

◎译文

自从与丈夫分别之后，独自一人度过了无数清净的夜晚。凤衾、鸳贞，这些记录着情谊的物品，为何随便抛弃？纵然有丈夫的体香尚留着，就像他的恩爱之情一样，随着时间的消逝，这些也不知不觉消失了。

怕你不相信离别后昔日美好的容颜已经改变，将憔悴的样子画于白色绫子上。更希望凭借寄给你的书信，让你看到字里行间的悲思之情。要想了解那愁思，请看丁香树，在暮春时渐渐结满了丁香结。

◎创作背景

这首词时间创作约为宋真宗咸平五年（1003年）后，写离别后妻子对丈夫的思念，而柳词大多写实，故而可以断定此词的女主人公乃柳永之妻。词中开头所用“百花桥”典故，发生地是在浙江，联系到柳永其他的词作，足以说明柳永此时所在之地为钱塘，时间约为公元1003年之后，柳永辞别妻子，离开家乡崇安，北上京都汴梁，期间在杭州、苏州等江浙名胜之地游历时思念妻子所作。

◎赏析

这是一首描写妻子与丈夫离别后，日夜思念郎君的相思词。

上阕写闺中相思之情。先用“百花桥”之典，以元御、柳实离开后，“便独处清宵”比喻女子因为与丈夫分别，在寂寞无奈中日日夜夜思念丈夫消磨时光。“凤衾鸳枕，何事等闲抛”，写女主人公独守空闺，又加以反问语，其情之切由此可见一斑。“纵有馀香，也似郎恩爱，向日夜潜消”，写女主人公与情郎纵然“恩爱”，但就像“馀香”一般，开始能够留于衣物之上，时间一久，也在不知不觉中消逝了。虽抒相思，而相思之中又含声声哀怨，尽被词人以活脱脱的女子之口写出，逼真生动。

下阕写女主人公的心理活动。“恐伊不信芳容改，将憔悴、写霜绡”，与武则天《如意娘》一诗有异曲同工之妙。女主人公因为思念而日渐憔悴，却又害怕情郎“不信芳容改”，于是决定“将憔悴、写霜绡”。“更凭锦字，字字说情僇”呼应开头“恐伊不信芳容改，将憔悴、写霜绡”，写女主人公希望能够凭借书信，述说自己的“情僇”。结尾“要识愁肠，但看丁香树。渐结尽春梢”，借用了李商隐《代赠二首》诗“芭蕉不展丁香结，同向春风各自愁”之句，以喻结情，形象生动，极有韵味。

这首词运用了自叙的手法，又多处用典象征，表达人类长久的爱恨情愁。

◎轶闻异物录

丁香结

丁香是中国常见的一个意象，就像折柳、明月、梅花等都有固定的象征意义一样。古人发现丁香结（丁香的花苞）极似人的愁心，所以常用来表示愁思的一种情结。比如有牛峤的“自从南浦别，愁见丁香结”，李商隐的“芭蕉不展丁香结，同向春风各自愁”，李璟的“青鸟不传云外信，丁香空结雨中愁”，都是以丁香来暗喻愁思。近代诗人戴望舒的名作《雨巷》更是把丁香这一词语写成了经典。

尾犯·夜雨滴空阶[①]

夜雨滴空阶，孤馆[②]梦回[③]，情绪萧索。一片闲愁[④]，想丹青难貌[⑤]。秋渐老[⑥]、蛩(qióng)声正苦，夜将阑[⑦]、灯花[⑧]旋落。最无端[⑨]处，总把良宵，只恁孤眠却。

佳人应怪我，别后寡信轻诺[⑩]。记得当初，翦(jiǎn)香云[⑪]为约。甚时向[⑫]、幽闺深处，按新词[⑬]、流霞[⑭]共酌。再同欢笑，肯把金玉珠珍博[⑮]。

◎注释

①空阶：空空的台阶。

②孤馆：孤寂的客舍。

③梦回：从梦中醒来。

④闲愁：无端无谓的忧愁。

⑤丹青难貌：难以用图画描绘。丹青：本是两种可作颜料的矿物，因为中国古代绘画常用朱红色和青色两种颜色，因此丹青成为绘画的代称。貌：描绘。

⑥秋渐老：渐渐秋深的意思。

⑦阑：尽，残。

⑧灯花：蜡烛或油灯中，灯芯燃烧时结成的花状物或爆发出的火花。

⑨无端：无聊，没有情绪。

⑩寡信轻诺：随便许诺，很少讲信用。

⑪翦香云：剪下一绺头发。古代女子与情人相别，因情无所托，即剪发以赠。翦，同“剪”。香云：指女子的头发。

⑫甚时向：什么时候。向：语气助词。

⑬ 按新词：创作新词。

⑭ 流霞：泛指美酒。

⑮ 博：换取。

◎译文

夜晚时雨水滴在空空的台阶上，独自身在旅社的我从梦中惊醒，心中情绪凄清萧索。这一种闲愁，想来用图画难以描摹。已至深秋，蟋蟀叫声凄苦，夜晚将尽，灯花不久就落了。最无聊的时候，总是独自成眠，白白辜负了这良辰。

远方的佳人可能会责怪我在分别后随便许诺、不守信用。记得当初，她剪下一绺头发来寄托情谊，约定再聚。什么时候才能够在幽闺深处，填写新词，共饮美酒。如果能再次同欢笑，我肯拿金玉珍珠来换取这样的机会。

◎创作背景

这首词是作者羁旅异乡时表达对恋人的思念之情，具体创作时间待考证。

◎赏析

这首词通过描写羁旅异乡、独居孤宿的词人，因思念天各一方的佳人而孤梦难眠，表达了词人深切的悲苦离情。

上阕描写词人独居异乡孤宿，耿耿难眠。“夜雨”透着凉，“空阶”冷落，“孤馆”寂寞，“情绪萧索”一起概括了羁旅漂泊的孤寂与冷清的环境。于孤独寂寞中，无限相思与懊恼一齐向词人袭来，情难自禁。一个“滴”字，如泪坠一般，更写出了词人内心深处无可倾诉的“闲愁”。面对无形的“闲愁”，词人只能发出感叹“想丹青难貌”。“秋渐老、蛩声正苦”，写深秋时节蟋蟀悲鸣。“夜将阑、灯花旋落”，又将视点落在室内很快落下的灯花上。“灯花”的意象用得自然巧妙。古时俗以灯花为吉兆，可是这秋夜“蛩声正苦”，词人正“情绪萧索”，此时用“灯花旋落”把词人“难画”的“闲愁”表现得淋漓尽致。

下阕描写对佳人的思念。“佳人应怪我，别后寡信轻诺”，词人想象着佳人别后的情景，更是对自己的深深自责，但这自责中透着太多的无奈与悲哀。也正因此，他对与佳人在一起的美好时光是那样留恋，又是那样向往！昔日“翦香云为约”的情景还历历在目，而再相偎相伴，填新词、酌美酒的愿望不知什么时候才能实现。词人虽表示愿意用“金玉珠珍”换取再次“同欢笑”，但这种表白同样透着无力，透着悲哀，透着无奈。

全词意象运用自然巧妙，情感表达淋漓尽致，景中含情，情景交融，具有很强的艺术感染力。

◎轶闻异物录

格律

格律，是中国古代诗、赋、词、曲等关于字数、句数、对偶、平仄、押韵等方面的格式和规则。格，就是格式、格局，主形；律，即音律，主韵。

格律本来自音乐。在音乐散轶后，研究者总结古诗歌的共同规律，便形成了格律。诗词格律一般有四大要素：用韵、平仄、对仗、字数。其中律诗最为严格，必须满足全部要素。格律诗包括律诗和绝句，被称为近体诗或今体诗。近体诗中的绝句以及词、散曲一般不需要对仗。古体诗相对宽松，一般不严格的用韵。

雪梅香·景萧索

景萧索，危楼[1]独立面晴空。动悲秋情绪，当时宋玉[2]应同。渔市孤烟[3]袅[4]寒碧，水村残叶舞愁红。楚天[5]阔，浪浸斜阳，千里溶溶[6]。

临风、想佳丽，别后愁颜，镇敛眉峰[7]。可惜当年，顿乖[8]雨迹云踪[9]。雅态妍姿正欢洽，落花流水忽西东。无憀[10]恨，相思意，尽分付[11]征鸿[12]。

◎注释

①危楼：高楼。

②宋玉：战国时宋国公族后裔，楚国文人。

③孤烟：独起的炊烟。

④袅：缭绕的烟雾。

⑤楚天：南方的天空。

⑥溶溶：水缓缓流动的样子。

⑦镇敛眉峰：双眉紧锁的样子。

⑧乖：相违。

⑨雨迹云踪：男女的恋情。

⑩无憀：又作"无聊"，无奈。

⑪分付：托付。

⑫征鸿：远飞的鸿雁，即凭书信相互问候。

◎译文

我独自登上高楼，眺望远方，只见秋景萧索。此景深深的触动了我悲秋的情怀，这和当年宋玉因悲秋而写《九辩》的心情应该是一样的吧！秋天的渔市是那样冷落寂寥碧烟袅袅；水村那残存的红叶似乎也带着愁绪在风中舞蹈。楚天分外辽阔一望无际，江水浸泡着尚未落尽的夕阳，浪打浪波涛翻滚。

凭栏临风，想着离别后那佳人必是愁容满面、久锁双眉了吧。可惜当初，我们情谊正浓时突然分离。当初种种的美好情态、万般的和睦欢乐，如今形同流水落花东飘西散。难耐此恨无穷无尽，绵绵的相思萦绕在心间，我愿把这份相思托付给远行的大雁。

◎创作背景

这首词约作于宋仁宗天圣二三年（1024年—1025年）间，是柳永游荆湘时所作。

◎赏析

这首词以悲秋来表达怀乡之情，词人通过描写清秋楚乡的寥廓、迷蒙以及弥漫其上的凛凛寒气，写出了他乡游子的落寞和惆怅，表达出对美丽而短暂的温情的眷恋，抒发了离别情思。

上阕写景悲秋，景中有情。“景萧索，危楼独立面晴空”，从登楼望远开始写景，眼前展开了一幅江南水村特有的晚秋画面。

“渔市孤烟袅寒碧，水村残叶舞愁红”，描写了渔乡村市上面的寒冷碧空中，一股炊烟袅袅上升；临水村边的枫树落叶，在秋风中旋舞着红色。

“楚天阔，浪浸斜阳，千里溶溶”，看！千里江水托着未落的斜阳，浩荡的水波在夕阳下闪动着溶溶的金光，景色壮美开阔。

下阕因景动情，思绪无限。

满目萧条的秋景触动了作者的愁绪，回忆恋人及往日风情：

“临风、想佳丽，别后愁颜，镇敛眉峰……”

“雅态妍姿正欢洽，落花流水忽西东”，中的“正”和“忽”生动地写出了客观环境和主观情意的矛盾，形成强烈的反差，加重了抒情的力度。

“无憀恨，相思意，尽分付征鸿”，“征鸿”与开头“危楼独立”的形象相呼应，“尽分付”表示作者想竭力摆脱悲秋情绪所带来的种种烦闷与苦痛。

这首词，上阕写景，下阕抒情，互相映证，营造了一个凄苦而优美的意境，是一首于平淡无奇中见技巧的佳作。

◎轶闻异物录

雪梅香

雪梅香，词牌，始自北宋，柳永所创曲，调见柳永《乐章集》，入“正宫”。雪梅香调又名“雪梅春”，调名本意是咏古代妇女头戴簪花头饰的发香，后来多用于抒情、感怀，写男女恋情委婉缠绵，现代也有用来表现畅达乐观心绪的。代表词作除柳永《雪梅香·景萧索》外，还有陈维崧《雪梅香·梅将谢》等。

引驾行·红尘[1]紫陌[2]

红尘紫陌，斜阳暮草长安道[3]，是离人、断魂[4]处，迢迢匹马西征[5]。新晴。韶光[6]明媚，轻烟淡薄和气暖，望花村[7]、路隐映[8]，摇鞭时过长亭[9]。愁生。伤凤城[10]仙子，别来千里重行行[11]。又记得临歧[12]，泪眼湿、莲脸[13]盈盈[14]。

消凝[15]。花朝月夕[16]，最苦冷落银屏[17]。想媚容、耿耿无眠，屈指已算回程。相萦。空万般思忆，争如[18]归去睹倾城[19]。向绣帏、深处并枕，说如此牵情。

◎注释

①红尘：飞扬的尘土，形容繁华热闹。

②紫陌：指京城的道路。

③长安道：即长安古道，一般指唐代时期出长安东门的道路，也是古时人们相送好友的分别之地。

④断魂：灵魂从肉体离散，指爱得很深或十分苦恼、哀伤。

⑤匹马西征：骑着一匹马西行。

⑥韶光：美丽的风光。

⑦花村：长满鲜花的村子。

⑧隐映：指路被草木隐蔽掩映。

⑨长亭：古时每隔 10 里设在路旁的亭舍，常用作行人休憩和饯别的地方。

⑩凤城：据传，秦穆公有女名弄玉，能吹箫引凤，凤凰曾降落京城，遂京城又名“丹凤城”。后常以“凤城”称呼京城。

⑪行行：行而又行。

⑫ 临歧：本为面临歧路，后也用为赠别的话。

⑬ 莲脸：比喻女子的脸如莲花一般红艳娇媚。

⑭ 盈盈：形容泪水清澈晶莹。

⑮ 消凝：销魂凝神，形容辗转思念。

⑯ 花朝月夕：良辰美景。

⑰ 银屏：镶银的屏风。

⑱ 争如：怎如。

⑲ 倾城：指绝世美女，此处指心上人。汉李延年歌诗："北方有佳人，绝世而独立。一顾倾人城，再顾倾人国。宁不知倾城与倾国？佳人难再得。"

◎译文

通往京城的道路上红尘飞扬，长安古道上，荒草在落日余晖下随风摆动，这里是分别之人断魂之地啊。游宦的人骑着马西行。天初晴，风和日丽，阳光明媚，和气暖心，抬望眼见那满是鲜花的乡村。花草树木掩映着道路，挥鞭之时已过长亭。愁从心生。悲伤地怀念在京城的情人现在已远在千里之外了。还记得送别时，两个人手握着手相互凝望，她莲花般的红艳脸庞被盈盈泪水打湿，叫人刻骨铭心。

辗转思念佳人，想来分别后她纵使面对良辰美景，也一定凄冷清苦无比，冷落了银屏。辗转难眠，想念她的美丽容颜，也许已然将我的归期屈指算好。情意绵绵无限，二人空有万般的追思回忆，真的不如尽量早归，好与日思夜想的情人相会。绣帐帷幕里，二人同眠共枕，我将那别离后的万般思念和千般牵挂，对她一一诉说。

◎创作背景

宋仁宗天圣八年（1030 年），柳永在离京西行途中写下了这首《引驾行》。

◎赏析

这首词真实的描写出词人的旅途相思之情，表达出饱满的相思之苦。

上阕描写主人公在旅途中忆起凤城仙子。

“红尘紫陌，斜阳暮草”，描绘当时的长安道，说的是场所。“韶光明媚，轻烟淡薄”，描绘当时的天气氛围。“迢迢匹马西征”“摇鞭时过长亭”描写主人公正旅行。“离人”“匹马”“断魂”“迢迢”都带感情色彩，与此时此地的大好时光相对比，更加烘托出主人公极不情愿的“千里重行行”，把旅途中的愁思表现得淋漓尽致。于是，抒情的主人公很自然地思忆起“凤城仙子”。

下阕转换角度，述说对方的相思苦情，并且进一步设想将来相见的情景。“花朝月夕，最苦冷落银屏”是描写词人设想离别之后，“凤城仙子”，必定会分外感到冷落，夜夜无眠，说不定她已经算好了我回归的日程。对方的相思是词人的想象，但写得十分逼真，虚实难辨。幻想中，作者既描绘了对方的相思苦情，又写出彼此述说相思的情景，深切而生动。

这首词是柳永创长调慢词的一个范例。全词共一百二十五字，铺叙、言情，有时间的推移，也有场景的变换，从不同角度展现出抒情的主人公的内心世界，对后世创作长调慢词者有很大的启发。

◎轶闻异物录

词牌故事——引驾行

引驾行，词牌名，又称“长春”。引驾，引迎车驾的意思，调名本意是以“行”的体裁形式歌咏引迎宫廷仪仗车驾,所以词牌名为引驾行。

该词牌以晁补之《引驾行·梅梢琼绽》为正体,双调五十二字,前段四句两仄韵,后段六句四仄韵。另有双调一百字,前段十句六仄韵,后段十句五仄韵等三种变体。

此词牌的经典作品有北宋·晁补之《引驾行·梅梢琼绽》、北宋·晁补之《引驾行·春云轻锁》、北宋·柳永《引驾行·红尘紫陌》以及柳永的《引驾行·虹收残雨》。

二郎神·炎光谢[1]

炎光谢。过暮雨、芳尘轻洒[2]。乍露[3]冷风清[4]庭户，爽天如水[5]，玉钩[6]遥挂。应是星娥[7]嗟[8]久阻，叙旧约、飙轮[9]欲驾。极目处、微云暗度[10]，耿耿[11]银河高泻。

闲雅[12]。须知此景，古今无价。运巧思穿针楼上女[13]，抬粉面[14]、云鬟[15](huán)相亚[16]。钿合金钗私语处，算谁在、回廊影下。愿天上人间，占得欢娱，年年今夜[17]。

◎注释

①炎光谢：暑气消退。谢：消歇。

②过暮雨、芳尘轻洒：是“暮雨过、轻洒芳尘”的倒装，意思是暮雨过后，尘土被一扫而空。芳尘：指尘土。

③乍露：初次结露或接近结露的时候。

④清：清理。

⑤爽天如水：夜空像水一样清凉透明。爽天：清爽晴朗的天空。

⑥玉钩：喻新月。

⑦星娥：指织女。李商隐《圣女祠》:“星娥一去后，月姊更来无？”

⑧嗟：叹息。

⑨飙轮：御风而行的车。

⑩微云暗度：淡淡的云朵在不知不觉中慢慢移动。

⑪耿耿：明亮的样子。

⑫闲雅：娴静幽雅。闲，通“娴”。

⑬运巧思穿针楼上女：女子在彩楼上乞巧。农历七月七日夜（或七月六日夜），穿着新衣的少女们在庭院向织女星乞求智巧，称为“乞巧”。

⑭ 粉面：傅粉的脸。也谓面颜白皙，有如傅粉。

⑮ 云鬟：高耸的环形发髻。

⑯ 相亚：相似。

⑰ “钿合金钗”至“年年今夜”：用唐玄宗与杨贵妃七夕夜誓世世为夫妻典。钿合：也作“钿盒”，就是镶嵌金、银、玉、贝的首饰盒子。

◎译文

夏天的暑气消退了，一场暮雨之后，尘土被一扫而空。刚结露的时候冷风清理了庭院。夜空像水一样清凉透明，一弯新月，挂在远远的天空。可能是织女叹息久与丈夫分离，为赴约会，乘着那御风而行的车飞渡银河。放眼望去，高远的夜空缕缕彩云飘过银河，明亮的银河高悬若泻。

娴静幽雅的夜空，要知道古往今来如此景色是多少钱财都无法买到的。闺楼上的女子们在月光下望月穿针引线，向织女乞取巧艺。粉面高抬，云鬟相似。猜一猜是谁在回廊的影下，交换信物，切切私语。愿天上人间、年年今日，都欢颜。

◎创作背景

这首词应作于宋仁宗庆历四年至六年（1044 年—1046 年）间，柳永在京任著作左郎、著作郎两职时，咏七夕佳期的作品。

◎赏析

这首词作者一改以往七夕诗词的伤感情调，把天上牛郎织女鹊桥相会的美丽传说和人间李隆基、杨玉环马嵬死别的故事，演绎、融汇为一个纯情浪漫、晶莹剔透的意境，抒发了对纯真爱情的美好祝愿和热烈向往。

上阕主要写天上的情景，开篇以细致轻便的笔调描绘出七夕清爽宜人的氛围，诱人进入浪漫的遐想界。“炎光谢”点出秋令，说明炎夏暑热已退。“炎光”谓骄阳，代指夏暑。“过暮雨、芳尘轻洒”，预示晚上将是气候宜人和夜空清朗了。“乍露冷风清庭户”由气候带出场景。“庭户”是七夕乞巧的活动场所。古时人们于七夕佳期，往往在庭前观望天上牛郎织女的相会。

“爽天如水，玉钩遥挂”，描写了秋高气爽，碧天如水，天空一弯上弦新月，为牛郎织女的赴约创造了最适宜的条件。“应是星娥嗟久阻，叙旧约、飙轮欲驾”，想象织女嗟叹久与丈夫分离，在将赴佳期时心情急切，于是乘驾快速的风轮飞渡银河。“极目处、微云暗度，耿耿银河高泻”，表现了人们盼望天上牛郎织女幸福地相会。他们凝视高远的夜空，缕缕彩云飘过银河，而银河耿耿发亮，牛郎织女终于欢聚，了却了一年的相思之债。

整个上阕动静结合，虚实相间，在从景物描写到幻想神游的推移中寄寓了人们对爱情幸福的美好遐想的场面，也无热闹浓烈的气氛，各家于庭户乞巧望月，显得闲静幽雅。这种闲雅的情趣之中自有很不寻常的深意。词人强调“须知此景，古今无价”，提醒人们珍惜佳期，从中足见柳永对七夕的特殊重视，反映了宋人的民俗观念。

下阕着重写民间七夕的“乞巧”活动。据古代岁时杂书和宋人笔记，所谓乞巧，是妇女们以特制的扁形七孔针和彩线，望月穿针，向织女乞取巧艺。“运巧思穿针楼上女，抬粉面、云鬟相亚”，描写姑娘们虔诚地手执金针，仰望夜空，乌云般美丽的发鬟都向后低垂。这句描绘形神兼备，廖廖数语就把姑娘们追求巧艺的热切与虔诚活灵活现地跃然纸上了。

“钿合金钗私语处，算谁在、回廊影下”，写七夕的另一项重要活动。“钿合金钗”典故出自唐明皇与杨妃，传说他们初次相见，“定情之夕，授金钗钿合以固之”（见《长恨歌传》），于是“七月七日长生殿，夜半无人私语时”，也就传为情史佳话。唐宋时男女选择七夕定情，交换信物，也是民俗之一。作者将七夕民俗的望月穿针与定情私语结合在一起，毫无痕迹，充分表现了节序的特定内容。

“愿天上人间，占得欢娱，年年今夜”，既总结全词，又点明主题，表达了词人对普天下有情人的美好祝愿和人们对幸福生活的渴望，展示了作者热诚而广阔的胸怀。

这首词写天上是为了衬托人间，用典故是为了映衬现实，落脚点是人间的欢乐和世俗的幸福。作者把“天街夜色凉如水”的意象世界与“钿合金钗私语处”的心灵世界和谐地统一起来，描绘了一幅欢乐、祥和、幸福而又温馨的七夕夜色图，发出了珍惜良宵、莫负美景的呼唤。全词语言通俗易懂，形象鲜明生动，情调闲雅欢娱，给人以充分的艺术享受。

◎轶闻异物录

乞巧节

乞巧节，即七夕节。七夕节起源于民间故事《牛郎织女》。相传牛郎织女一年一度的鹊桥相会在农历七月七日，于是每到这一天，姑娘们就会来到花前月下，抬头仰望星空，寻找银河两边的牛郎星和织女星，希望能看到他们一年一度的相会，乞求上天让自己也能像织女那样心灵手巧，并祈祷自己也能有个称心如意的美满婚姻，久而久之便形成了七夕节。2006 年 5 月 20 日，“七夕节”也被国务院列入第一批国家非物质文化遗产名录。

乞巧习俗源于汉代，就是农历七月七日夜（或七月六日夜），穿着新衣的少女们在庭院里向织女星祈求智巧。乞巧的方式大多是姑娘们穿针引线验巧，做些小物品赛巧，摆上些瓜果乞巧。乞巧的方式中，最广为流传的当数结彩线，穿七孔针“验巧”，谁穿得越快，就意味着谁是“得巧”者。唐朝王建有诗说“阑珊星斗缀珠光，七夕宫娥乞巧忙”。

宋元之际，七夕乞巧相当隆重，京城中还设有专卖乞巧物品的市场，称乞巧市。据宋罗烨、金盈之辑《醉翁谈录》中说：“七夕，潘楼前买卖乞巧物。自七月一日，车马嗔咽，至七夕前三日，车马不通行，相次壅遏，不复得出，至夜方散。”从中可以看到乞巧市的热闹景象，也说明乞巧节是古人最重要的节日之一。

竹马子[1]·登孤垒[2]荒凉

登孤垒荒凉，危亭旷望[3]，静临烟渚[4]。对雌霓挂雨[5]，雄风拂槛[6]，微收烦暑[7]。渐觉一叶惊秋[8]，残蝉噪晚[9]，素商时序[10]。览景想前欢[11]，指神京[12]，非雾非烟深处。

向此成追感，新愁易积，故人难聚。凭高尽日凝伫[13]。赢得消魂[14]无语。极目[15]霁[16]霭霏微[17]，暝[18]鸦零乱，萧索[19]江城暮。南楼画角[20]，又送残阳去。

◎注释

①竹马子：词牌名，是柳永自创的曲调，从意境上看属雅词。

②孤垒：孤零零的昔日营垒。垒：古代军中作防守用的墙壁。

③危亭旷望：在高亭上远望。

④烟渚：笼罩着雾气的水中沙洲。

⑤雌霓挂雨：彩虹横空，天地间还带有雨水的湿气。雌霓：彩虹双出，色彩鲜艳的是主虹，色彩暗淡的是副虹，雌霓是副虹。

⑥雄风拂槛：强劲的风吹拂栏杆。

⑦烦暑：令人烦躁的暑气。烦：一作“残”。

⑧一叶惊秋：见一片黄叶落下，猛地意识到秋天来了。

⑨残蝉噪晚：经历了夏天而留下的蝉在傍晚时分叫得更加起劲。

⑩素商时序：秋天接着次序即将代替夏天到来。素商：秋天，按古代”五行”的说法，秋天色尚白，又属”五音”中”商”的音阶，故秋天又称素商。时序：春夏秋冬的代换次序。

⑪前欢：从前与故人欢聚的情景。

⑫神京：京城。

⑬凝伫：凝望伫立；停滞不动。

⑭ 消魂：情思惆怅。

⑮ 极目：尽力远望。

⑯ 霁：雨雪停止，天放晴。

⑰ 霏微：朦胧的样子。

⑱ 暝：天黑。

⑲ 萧索：萧疏冷落。

⑳ 画角：古管乐器，传自西羌，形如竹筒，本细末大，以竹木或皮革等制成，表面有彩绘。发声哀厉高亢，古时军中多用以警昏晓，振士气，肃军容。帝王出巡，也用以报警戒严。

◎译文

登上那孤零零的昔日营垒，看去一片荒凉，在高亭上远望，静视着烟云茫茫的水中沙洲。彩虹横空，天地间还带有雨水的湿气，一阵狂风吹拂栏槛，微微赶走了夏季的炎热。看到一片黄叶落下，才意识到秋天来了。蝉在傍晚时分叫得更加起劲。秋天即将代替夏天到来。我看着眼前景物，想起从前与故人欢聚的情景，指点京都那似烟非烟的彩云深处。

面对如此情景，我不由得伤感，新愁又增加，故人难相见。在高高的栏杆旁整日地伫立凝望，最后百感交集而无语。极目处雨后晴云，薄雾弥漫像迷蒙的细雨，黄昏里归巢的乌鸦乱纷纷聚在一起，萧条冷落的江城已是暮色迷离。城南角楼吹响的画角，又送走一抹残阳沉入大地。

◎创作背景

宋仁宗明道二年（1033 年），柳永沿长江东下过湖南，抵鄂州（湖北武昌），写下了这首《竹马子》，抒写壮士悲秋的感慨。

◎赏析

这首词通过登临感怀，抒发孤独忧伤的愁绪，寄托一种对前途无望的感慨。

上阕写初秋雨后，词人登高望远，触景生情，追忆起以前在京城的生活。前面写景，后面写情，虚实相生，善于抓住时序变化，描绘了特定环境中的景色，奠定了全词的抒情基调。

“孤垒”“烟渚”“雌霓”“雄风”，这一组意象构成了雄浑苍凉的艺术意境。尤其是“雌霓挂雨”和“雄风拂槛”，用词雅致而考究，更形象地象征了夏天和秋天特有的现象。“一叶惊秋”则感叹时光易逝，季节时序在不知不觉中在变换着，词人的悲秋情绪也逐渐向伤离别发展。结尾从写景向抒情过渡，为下阕的进一步感慨作了前奏。

下阕感叹自己愁怀难遣、朋友难聚，面对暮鸦飞鸣、残阳西落、江城萧索。更令人感伤。

“新愁易积，故人难聚”，既是对比关系又是因果关系。这对比与因果就是前面“向此成追感”的内容。“尽日凝伫”“消魂无语”形象地表现了无法排遣离愁的精神状态，也充分流露出对故人的诚挚而深刻的思念，并把这种情绪发挥到极致。

最后作者巧妙地以黄昏的霁霭、归鸦、角声、残阳的萧索景象来衬托和强化悲苦的离情别绪。特别是结尾的“南楼画角，又送残阳去”，意味极为深长，把自己羁旅苦愁拓展到为人世兴衰的浩叹。

这首词情景交融，虚实相生，结构富于变化，在情与景的处理上表现出极高的艺术造诣。全词意脉相承，严谨含蓄；景凄情哀，铺叙有致；意境开阔，格调清雅，气韵浑厚；语言清丽，音律谐婉，悲楚动人，是一首优秀的长调慢词。

◎轶闻异物录

《乐章集》

《乐章集》是柳永的作品集，不分卷，依宫调、词牌序列，所收约有一百九十首。柳词以写情著称，善于铺叙，语言通俗，适于传唱，在当时流行于世，并对后世产生了深远影响。

人们对柳永的词集《乐章集》的总体印象是："柳永所制乐章，音调谐婉，尤工于羁旅悲怨之辞，闺帷淫媟之语。"有评者认为柳词浅近谐俗者，如李端叔称："耆卿词，铺叙展衍，备足无余。较之花间所集，韵终不胜。"孙敦立称："耆卿词虽极工，然多杂以鄙语。"黄叔旸称："耆卿长于纤艳之词，然多近俚俗。"但苏东坡曾拈出"霜风凄紧，关河冷落，残照当楼"（八声甘州）三句，以为唐人佳处，亦不过如此！

柳永深谙音律，又能自己创作新曲，成为宋代创调最多的人。现存宋词的词调有八百八十多种，其中有一百多种调子是柳永创制或最先使用的。他所作的慢词，已由小令而趋向长调，其发展词的形式之功不逊于苏东坡扩大词的内容、加深词的境界。

《乐章集》版本颇多，今易见者为毛晋《宋六十名家词》（毛斧季校）本、吴重熹《山左人词》（缪荃孙本）本、朱祖谋《疆邨丛书》本、唐圭璋《全宋词》本。

忆帝京·薄衾[1]小枕[2]凉天气[3]

薄衾小枕凉天气，乍觉[4]别离滋味。展转[5]数寒更[6]，起了还重睡。毕竟不成眠，一夜长如岁。

也拟待[7]、却回征辔[8](pèi)；又争奈、已成行计[9]。万种思量，多方开解，只恁[10](nèn)寂寞厌厌[11]地。系我一生心，负你千行泪。

◎注释

①薄衾：薄薄的被子。

②小枕：稍稍就枕。

③凉天气：天气寒冷。

④乍觉：突然觉得。

⑤展转：同“辗转”，翻来覆去。

⑥寒更：寒夜的更点。

⑦拟待：打算。

⑧征辔：远行的马的缰绳，代指远行的马。

⑨行计：出行的打算。

⑩只恁：只是这样。

⑪厌厌：同“恹恹”，精神不振的样子。

◎译文

天气寒冷，被子太薄睡下不久就被冻醒，突然觉有种难以名状的离别滋味涌上心头。辗转反侧地细数着寒夜里那敲更声次，起来了又重新睡下，反复折腾终究不能入睡，一夜如同一年那样漫长。

也曾打算勒马再返回，怎奈出行的打算已不能改变？千万次的思念，总是想尽多种方法加以开导解释，最后只能就这样寂寞无聊地不了了之。我将一生一世地把你系在我心上，却辜负了你那流不尽的伤心泪！

◎创作背景

这首词的写作时间约在宋仁宗景祐二年（1035 年），柳永在浙江睦州团练推官任上。此词牌名为“忆帝京”，大概是因为柳永回忆在汴京的恋人而命名的；词中又说“乍觉别离滋味”，说明柳永离开汴京不久；而“薄衾小枕凉天气”则说明是初秋时节。这首词应该是柳永因做官上任，刚离开恋人后所写。

◎赏析

这首词通过对词人因思念而辗转难眠，以及游子思归之心的心理刻画，表现了游子理智与感情发生冲突时，复杂的内心体验。

上阕写词人因思念而辗转难眠，颇有五言古乐府之神韵。“薄衾小枕凉天气”引出内心感受——“乍觉别离滋味”。“展转数寒更，起了还重睡”是对“别离滋味”作了具体的描述，把词人床头展转无眠，忽躺忽起，不知如何是好的情状生动地描绘出来，以“毕竟不成眠”作概括。“一夜长如岁”巧妙地借用了《诗径·王风·采葛》中“一日不见，如三岁兮”的意思，但语句更为凝炼，感情更为深沉。这几句把“别离滋味”如话家常一样摊现开来，在质朴无华的词句里，蕴含着炽烈的生活热情。

下阕转而写游子思归，表现了游子在理智与感情发生冲突复杂的内心体验。其中“也”“却”“又”“已”“只”加上上阕的“还”“毕竟”等语气副词和转折连词的运用，使得情感更加百转千回、婉曲动人，真切地把一个孤独痛苦的游子的心理表达得淋漓尽致。归又归不得，行又不愿行，结果仍只好“万种思量，多方开解”，出路自然找不到，便只能“寂寞厌厌地”，百无聊赖地过下去了。“万种”“多方”与“只恁”的对比，更加深刻地表明了这种寂寞和悔恨的无奈。

词至末韵已达到了情感的最高潮，面对不得已的天涯漂泊，两情别离，词人发出了有如誓言般的十个字：“系我一生心，负你千行泪”，这两句语极白，而情极深，恰到好处地总结了全词彼此相思的意脉。

这首词纯用口语白描来表现男女双方的内心感受，艺术表现手法新颖别致，流畅自然。思想和艺术都比较成熟，是柳永同类作品中较有特色的一首。

◎轶闻异物录

北宋帝京——汴梁

汴京，古称“汴州”“东京”“大梁”，位于今天的河南省开封市，是中国多个重要王朝的首都。

战国时期，魏国建都于此，称“大梁”，后历经黄河水患的天灾祸乱，几乎沦为废墟，极度衰败。五代十国时期，国家四分五裂，开封地理条件非常适宜农业经济发展，汴京作为一统天下的基础，先后成为后梁、后晋、后汉以及后周的国都。

公元960年，后周大将赵匡胤发动陈桥兵变代后周称帝，建立宋朝，仍以开封为首都，称为“东京”。北宋都城东京，在当时是人口超过百万的大都会，城中店铺达六千四百多家。汴京中心街道称作御街，宽两百步，路两边是御廊。北宋政府改变了周、秦、汉、唐时期居民不得向大街开门、不得在指定的市坊以外从事买卖活动的旧规矩，允许市民在御廊开店设铺和沿街做买卖。为活跃经济文化生活，还放宽了宵禁，城门关得很晚，开得很早。北宋著名画家张择端所画的《清明上河图》，就是描绘当时汴京市肆繁荣情况的最好证据。

望远行·绣帏[1]睡起

绣帏睡起。残妆浅[2]，无绪匀红[3]补翠[4]。藻井[5]凝尘[6]，金梯[7]铺藓[8]。寂寞凤楼[9]十二[10]。风絮纷纷，烟芜[11]苒苒[12]，永日画阑，沈吟独倚[13]。望远行，南陌[14]春残悄归骑[15]。

凝睇[16]。消遣离愁无计。但暗掷[17]、金钗买醉。对好景、空饮香醪[18](láo)，争奈[19]转添珠泪。待伊游冶[20]归来，故故[21]解放[22]翠羽[23]，轻裙重系。见纤腰，图信人[24]憔悴。

◎注释

①绣帏：绣帐，这里指闺房内的床帐。

②残妆浅：妆容已经消退、浅淡。

③匀红：涂抹胭脂。

④补翠：一作“铺翠”，意思是画眉。

⑤藻井：宫殿、厅堂的天花板上的装饰，为方形、圆形或多边形，向上凹进呈井状，有彩色雕刻或图案。

⑥凝尘：积聚着灰尘。

⑦金梯：对台阶的美称。

⑧藓：苔藓。

⑨凤楼：本指宫中楼阁，此指女子闺房。

⑩十二：即十二重，言闺房的幽深。鲍照《代陈思王京洛篇》:“凤楼十二重，四户八绮窗。”

⑪烟芜：云烟迷茫的草地。

⑫苒苒：长势茂盛。

⑬永日画阑，沈吟独倚：是“独倚画阑，永日沉吟”的倒装。永日：从早到晚。画阑：有画饰的栏杆。

⑭ 南陌：南面的道路

⑮ 悄归骑：即归骑悄，意思是不见思念的人骑马归来。

⑯ 凝睇：凝望，注视。

⑰ 暗掷：默默地拿了。

⑱ 醪：酒。

⑲ 争奈：怎奈。

⑳ 游冶：出游寻欢。

㉑ 故故：故意，特意。

㉒ 解放：打开系着或束着的东西。

㉓ 翠羽：即翠云裘，以翠羽制作、上有云彩纹饰的裘。

㉔ 信人：诚实的人。

◎译文

睡醒后从绣帐中出来，妆容已经消退、浅淡，但没有情绪来涂脂画眉。藻井尘埃积聚，台阶上长满苔藓，凤楼闺房十分的寂寞。柳絮在空中随风飘舞，烟雾中的草丛长势茂盛，整天独自倚栏深思。遥望出远门的人，去洛阳的南面道路已是春天将尽，却不见思念的人骑马归来。

只有凝望，而没有办法消除离别的忧愁。默默地拿了金钗买酒来饮。面对良辰美景，徒然独饮，无奈反倒增添眼泪。待你出游寻乐归来，故意解开外衣，又重新系上薄纱下裳，让你看看我瘦瘦的细腰，才相信我那憔悴的模样。

◎创作背景

这首词应该是柳永南游寻求功名时所作，具体创作年代待考证。

◎赏析

这首词是一首闺怨词，真实地描写被弃的弱女子可悲无助的境遇，表达了柳永对女性的深切同情。

上阕写女主人公在爱人离开之后的寂寞生活。词从“绣帏睡起”开端，写了一整天的生活情况，是女主人公在爱人远行后长长一段时间的缩影。“藻井凝尘”描写室内凌乱，无心洒扫；“金梯铺藓”描写室外冷落，无人来往；这是写她生活的环境。“寂寞凤楼十二”中的“寂寞”是总结，也是上阕的核心。

“风絮纷纷，烟芜苒苒”，以反衬的手法写室外正是美丽的春景，与“藻井凝尘，金梯铺藓”形成鲜明的对比。“永日画阑，沈吟独倚”，是她一天寂寞生活的概括，突出女主人公无心欣赏美景的心态。

“望远行，南陌春残悄归骑”，写女主人公登高望远，希望游子会回到自己的身边。春已归，却不见远人归影。一个“悄”字，说明女主人公不知几度登高又几度失望，这是寂寞中的希冀与希冀后的失落，失落自然更加重了她的寂寞。

下阕抒发女主人公的相思之情。“凝睇”不是她凝神远望归骑的目光，而是盼望落空后那失神而凝滞的目光，这目光又开启下阕抒发内心情愫的一连串行动。她想排遣离愁，但却苦于“无计”，只有拔下头上的金钗换酒，以求助于酒醉后的解脱，可无奈无聊的自斟自饮反更添愁情，以至她珠泪涟涟。愁中的醉，醉后的泪，欲昏反醒，欲笑反泪。

“待伊游冶归来，故故解放翠羽，轻裙重系。见纤腰，图信人憔悴”，写女主人公的心理想法，她还是寄望于远行人的重归。这五句虽化用了武则天《如意娘》“看朱成碧思纷纷，憔悴支离为忆君。不信比来长下泪，开箱验取石榴裙”的诗意，但“青出于蓝而胜于蓝”，将思妇恨游子不归、盼游子快归、幻想游子归来之后悲喜交加的心态描述得淋漓尽致。

整首词从纪实写到设想，从行动写到内心，写出了这个女子怨而不怒、徒劳挣扎的整个过程。

◎轶闻异物录

藻井

藻井是汉族宫殿、坛庙等建筑中室内顶棚的独特装饰部分，一般做成向上隆起的井状，有方形、多边形或圆形凹面，周围饰以各种花藻井纹、雕刻和彩绘。

藻井呈伞盖形，由细密的斗拱承托，象征天宇的崇高。唐代就有明确规定，非王公之居，不得施重拱藻井。只有皇宫，如太和殿、养心殿等重要大殿内，在皇帝宝座和供奉神佛的龛上部天花中间才能装饰藻井。

破阵乐[①]·露花倒影[②]

露花倒影，烟芜（wú）蘸（zhàn）碧[③]，灵沼[④]波暖。金柳[⑤]摇风树树，系彩舫龙舟遥岸[⑥]。千步虹桥[⑦]，参差雁齿[⑧]，直趋水殿[⑨]。绕金堤[⑩]、曼衍鱼龙戏，簇娇春[⑪]罗绮，喧天丝管。霁（jì）色荣光[⑫]，望中似睹，蓬莱[⑬]清浅[⑭]。

时见[⑮]。凤辇（niǎn）宸（chén）游[⑯]，鸾觞禊（luán shāng xì）饮[⑰]，临翠水[⑱]、开镐（gǎo）宴[⑲]。两两轻舠[⑳]（dāo）飞画楫[㉑]，竞夺锦标霞烂[㉒]。罄（qìng）欢娱，歌鱼藻[㉓]，徘徊宛转。别有盈盈游女，各委[㉔]明珠，争收翠羽[㉕]，相将归远。渐觉云海沉沉，洞天[㉖]日晚。

◎注释

①破阵乐：唐代教坊曲名，《宋史·乐志》注正宫调，《乐章集》注林钟商。此调有数体，以柳词为正体。

②露花倒影：带露的花在水中映出倒影。

③烟芜蘸碧：笼罩在一片淡淡雾中的青草，挨着池中的碧水。

④灵沼：此指北宋的皇家园林金明池，池在东京顺天门街北，周围约九里三十步。

⑤金柳：指垂柳呈现出一片金黄色。

⑥系彩舫龙舟遥岸：远远望去，对岸系着供皇帝乘坐的龙舟与准备供戏游的彩船。

⑦千步虹桥：长长的虹桥。古人以步为度量单位，一步为五尺。虹桥，拱桥。

⑧参差雁齿：虹桥上的台阶高低排列如雁齿般整齐。

⑨ 水殿：营建于水上的亭殿，金明池有水殿。

⑩ 金堤：旁植柳树的堤。

⑪ 簇娇春：聚集着一群穿着娇艳来闹春的美女。

⑫ 荣光：花木的光泽。

⑬ 蓬莱：指蓬莱池，在陕西长安县东蓬莱宫附近。蓬莱宫：唐宫名，原名大明宫，高宗时改为蓬莱宫。

⑭ 清浅：清澈而不深。此处为偏义，指清澈。

⑮ 时见：意思是突然看见，不期然而看见。

⑯ 凤辇宸游：意思是皇帝出游。凤辇：皇帝所乘的车。宸：北极星所在为宸，皇帝如北极一样尊贵，故后借用为皇帝所居，又引申为皇帝的代称。

⑰ 鸾觞禊饮：举杯与群臣共饮禊宴酒。鸾觞：刻有鸾鸟花纹的酒杯，或指雕刻成鸾鸟形状的酒杯。禊饮：古时农历三月上巳日的宴聚。禊：古代春秋两季在水边举行的清除不祥的祭祀活动。

⑱ 翠水：清莹的水。

⑲ 镐宴：即天下太平，君臣同乐。《诗经·小雅·鱼藻》："王在镐，其乐饮酒。"郑杰笺："天下平安，万物得其性。武王何所处乎？处于镐京，乐八音之乐，与群臣饮酒而已。"后以"镐宴""镐饮"代指天下太平、君臣同乐，这里指皇帝宴群僚的禊宴。

⑳ 舠：形如刀的小船。

㉑ 画楫：有画饰的船桨。

㉒ 竞夺锦标霞烂：夺锦的戏耍场面，就像彩霞般烂漫。

㉓ 鱼藻：即《诗经》中歌颂武王的诗篇《鱼藻》。

㉔ 委：委佩，委垂。

㉕ 翠羽：翠鸟的羽毛，可作饰物。

㉖ 洞天：道教称神仙居处，意思是洞中别有天地，后泛指风景胜地。

◎译文

含露的鲜花在池中显出清晰的倒影，烟霭笼罩的草地一直延伸到碧绿的池边，池水暖洋洋的。一片金黄色的垂柳在风中摇曳。远远的对岸系着皇帝的龙舟与准备戏游的彩船。长长的虹桥，其台阶高低排列如雁齿般整齐，一直延伸到水殿。在柳树之堤旁，鱼龙曼衍嬉闹。那里聚集着一群穿着娇艳来闹春的美女，音乐喧天。天气晴朗，花草树木沐浴在春风中，光泽鲜亮；金明池好像唐代的蓬莱池水一般清澈。

皇帝终于来了，举杯与群臣共饮禊宴酒。在清莹的池水畔，开设御宴。数叶轻舟飞快划动画楫，夺标竞赛气氛热烈，五颜六色的锦旗像彩霞般烂漫。游人尽情欢娱，歌颂《鱼藻》佳曲，乐声婉转动听。时有轻盈女子，每个人都佩垂着明珠，争着去拾河岸边的翠羽，相偕兴尽而散。天空渐渐昏暗起来，就像夜晚神仙居处之地。

◎创作背景

宋真宗大中祥符元年（1008 年），柳永作这首《破阵乐》描写汴京龙舟竞渡的情景。

◎赏析

这首词描绘了北宋时君臣士庶游赏汴京金明池的盛况，是北宋京都风貌的实录，也是一幅气象开阔的社会风俗画卷。

上阕泛写池上景象，先叙金明池的水色风光，后写游乐的热闹景况。“露花倒影，烟芜蘸碧，灵沼波暖”，真切地描写了金明池的优美景色。由“露花”“烟芜”和“波暖”可知是春日温煦的早晨，而“倒影”“蘸碧”和“灵沼”则点出了池水的清澈明净和广阔。这三句不仅写景如画，而且使人感到有一股春晨的清新气息扑面而来，充满着美感和活力，为全词奠定了明丽热烈的基调。

“金柳摇风树树，系彩舫龙舟遥岸”，不仅写出了池边垂柳飘拂，彩舟争艳的美景，也为后面写“曼衍鱼龙戏”和“竞夺锦标霞烂”等作了伏笔。“千步虹桥，参差雁齿，直趋水殿”，一句把金明池上的仙桥凌波而起、雄跨池上、直通水殿的气势写活了。

“绕金堤、曼衍鱼龙戏，簇娇春罗绮，喧天丝管”，着重描写金明池上游乐场面。“曼衍鱼龙戏”叙写上演的百戏花样繁多、变化莫测；“簇娇春罗绮，喧天丝管”，突出乐部歌舞妓人罗绮成群，弹奏起急管繁弦、声腾云霄。这几句渲染金明池繁华热闹景象，绘声绘影，历历在目。

“霁色荣光，望中似睹，蓬莱清浅”，语出葛洪《神仙传》记麻姑语：“向到蓬莱，水又浅于往者，会时略半也。”这几句运用了丰富想象，景色晴明，云气泛彩，好似海中的蓬莱仙山。

下阕重点描绘赐宴和争标的场面，先写皇帝临幸情景，后叙士庶游赏情况。以“时见”引出皇上出场的画面。“凤辇宸游，鸾觞禊饮，临翠水、开镐宴”描写皇帝临幸金明池并赐宴群臣的景况。“临翠水”上承金明池，下伏观舟赛。

“两两轻舠飞画楫，竞夺锦标霞烂”，生动地再现了龙舟双桨飞举、奋力夺标的情形。“飞”字极写在激烈竞技状态中船行之快速。这里笔法自然鲜活，词意显露，给人的印象十分深刻。“罄欢娱，歌鱼藻，徘徊宛转”，写宴会上群臣咏唱赞美天子的诗歌盛况，带有一定的颂圣味道。

“别有盈盈游女，各委明珠，争收翠羽，相将归远”，由写皇帝临幸而转入叙士庶游赏情景。“各委明珠，争收翠羽”，化用曹植《洛神赋》之典，言游女各自争着以明珠为信物遗赠所欢，以翠鸟的羽毛作为自己的修饰，形容其游春情态十分传神。这一层描述，使词的意味更加浓郁，使词的铺陈更见深厚。

“渐觉云海沉沉，洞天日晚”，一句以想象中的仙境结束下阕。

傍晚白云弥漫空际，广阔深邃，池上巍峨精巧的殿台楼阁渐渐笼罩在一片昏暗的暮色之中，仿佛如同神仙所居的洞府，从而把汴京金明池上繁华景色的赞颂推到了顶点。下阕以仙境作结和上阕结尾写蓬莱神仙世界遥相呼应。

这首词作者十分注意篇章的组织安排，做到了层次分明，结构严密。全词由晨景始，以晚景终，叙写了池上一天的游况，其间写景、叙事、抒情融于一炉，前后连贯，首尾照应，充分体现了柳词“层层铺叙，情景兼融，一笔到底，始终不懈”（见夏敬观《手评乐章集》）和“音律谐婉，语意妥贴，承平气象，形容曲尽”（见《直斋书录解题》）的特点。

◎轶闻异物录

龙舟

龙舟是船上画着龙的形状或做成龙的形状的船。赛龙舟是多人集体划桨竞赛，是中国民间传统水上体育娱乐项目，多在喜庆节日举行。

赛龙舟最早兴起于汉代。唐、宋、元、明、清各代皇帝，均有临水边观看龙舟娱乐的惯例。《旧唐书》中记穆宗、敬宗均有“观竞渡”之事。《东京梦华录》卷七，记北宋皇帝于临水殿看金明池内龙舟竞渡之俗。其中有彩船、乐船、小船、画舱、小龙船、虎头船等供观赏、奏乐，还有长之四十丈的大龙船。除大龙船外，其他船列队布阵，争标竞渡，作为娱乐。宋代张择端《金明池夺标图》即描绘此景。

黄莺儿·园林晴昼[①]春谁主[②]

园林晴昼春谁主。暖律[③]潜[④]催，幽谷[⑤]暄（xuān）和[⑥]，黄鹂[⑦]翩翩[⑧]，乍[⑨]迁[⑩]芳树[⑪]。观[⑫]露湿[⑬]缕金衣[⑭]，叶映[⑮]如簧(huáng)语[⑯]。晓来[⑰]枝上绵蛮[⑱]，似把芳心[⑲]、深意低诉[⑳]。

无据[㉑]。乍出暖烟[㉒]来，又趁[㉓]游蜂[㉔]去。恣狂踪迹[㉕]，两两相呼[㉖]，终朝[㉗](zhāo)雾吟风舞[㉘]。当上苑[㉙]柳秾[㉚](nóng)时，别馆[㉛]花深处。此际[㉜]海燕[㉝]偏饶[㉞]，都把韶光与[㉟]。

◎注释

①晴昼：风和日丽的一个白天。

②春谁主：谁是春天（园林）的主角。

③暖律：古以时令合乐律。暖律即温暖的节候。

④潜：暗暗地，悄悄地，私下。

⑤幽谷：葱郁深谷。

⑥暄和：即暖和。

⑦黄鹂：即黄莺。鸟，羽毛黄色，局部间有黑色，嘴红色或黄色，叫的声音很好听。

⑧翩翩：展翅飞翔。

⑨乍：刚刚。

⑩迁：转移，这里是“飞到”之意。

⑪芳树：对树的美称。

⑫观：看见。

⑬露湿：露水沾湿。

⑭缕金衣：即金缕衣，用金缕绣有花纹图案的衣衫，这里形容黄鹂金黄色的羽毛。缕金：即金缕，此处因律而倒置。

⑮ 叶映：黄鹂鸣叫震动树叶而产生的回音，这是一种拓展手法。

⑯ 簧语：指吹奏管乐器的声音，这里形容黄鹂鸣叫声的清脆悦耳。

⑰ 晓来：即清晨。

⑱ 绵蛮：指小鸟或鸟鸣声。

⑲ 芳心：通常指女子的情怀，此处把黄鹂拟人化了。

⑳ 低诉：低声倾诉。

㉑ 无据：这里的意思是“无由来”“无端”“无缘无故”。

㉒ 暖烟：暖晨的霭气。

㉓ 趁：这里是“追逐”“随同”的意思。

㉔ 游蜂：指到处采花的蜜蜂。

㉕ 恣狂踪迹：是“踪迹恣狂”的倒装。恣狂：恣意放浪。踪迹：行踪。

㉖ 两两相呼：两两相呼应。

㉗ 终朝：整日里。

㉘ 雾吟风舞：雾里唱，风里舞。这里的“雾”字与前面的“暖烟”相呼应。

㉙ 上苑：即古皇家园林“上林苑”。秦时在咸阳附近渭水南，汉武帝于建元三年（公元前 138 年）在秦旧苑址上扩建。

㉚ 柳秾：柳树葱郁茂盛。秾：草木葱郁茂盛。

㉛ 别馆：古代建于园林内的居宅，称为别馆或别业。

㉜ 此际：这期间。

㉝ 海燕：即燕子、家燕。

㉞ 偏饶：特多。偏，偏偏是。饶：富，多。

㉟ 与：付出。此处指韶光白白流失了。

◎译文

晴丽的春日园林，谁是主角呢？春天气候温暖，草木茂盛，葱郁的深谷也变得那样暖和。黄莺在林间翩翩飞舞，刚刚飞到嘉木之上。露水打湿了它们金黄色的羽毛，绿叶掩映中传来了它们悦耳的鸣声在这清晨，它们的叫声缠缠绵绵如有情，低低地诉说着芳心深意。

无缘无故地，黄莺飞跃清晨的雾霭，又追逐着采花的蜜蜂而去。它们行踪放浪，两两相呼应，整日雾里唱风里舞。当上林苑柳树葱郁茂盛时，在别馆花深的地方，这期间燕子特别多，都把美好时光白白流失了。

◎创作背景

这首词写作时间当在宋真宗大中祥符年间（1008 年—1017 年之间），柳永一生一共参加过五次科举考试，先后四次落第。这首词当作于柳永早期参加科举考试，三次应试、三次落第时期。

◎赏析

这首咏物词对自然界景物的描写，反映出柳永应试不第的无奈而沮丧的心情。

上阕写尽了黄莺娇姿。“园林晴昼春谁主”以设问，直点主题，引出下文。至此，由远及近，凸现了吟咏的对象：黄莺。“翩翩”“乍迁”“缕金衣”“如簧语”等描绘写尽了流莺风流倜傥的娇姿。

下阕从流莺娇姿转到海燕主春，也是作者的心境转变的写照。

“乍出暖烟来，又趁游蜂去”与“恣狂踪迹，两两相呼，终朝雾吟风舞”都是写流莺逍遥自在的情景，同时也表现出柳永的自负和自信。在这里，笔锋开始转变，“当上苑柳秾时，别馆花深处”，说明流莺已经难以主春了。

“此际海燕偏饶，都把韶光与”，反映了柳永不第，名落孙山的无奈而又沮丧的心情。

这首词看似咏物，实是抒怀，全词写得清新自然而又含蓄蕴藉，在柳永词中别具一格。

◎轶闻异物录

上林苑

“苑”是古代帝王游玩、打猎的风景园林。上林苑，是汉武帝刘彻于建元三年（前 138）在秦代一个旧苑址上扩建而成的皇家园林。扩建后的上林苑，规模大得惊人。据史载，上林苑周长三百四十公里，里面有离宫七十所，地跨长安区、鄠邑区、咸阳、周至县、蓝田县五区县境，可以容纳千乘万骑。苑中包罗了渭、泾、沣、涝、潏、滈、浐、灞八条河流，即所谓“八水绕长安”。司马相如的《上林赋》就描述了上林苑的景色。

如此巨大的皇家园林，在建设之初就受到了常侍郎东方朔“上乏国家之用，下夺农桑之业”的谏阻。历经汉昭、宣二帝之后，到元帝时，因朝廷不堪重负而裁撤了管理上林苑的官员，同时把宜春苑所占的池、田发还给了贫民使用。汉成帝时，又将“三垂”（东、南、西三边）的苑地划给了平民。西汉末，王莽于地皇元年（20 年）拆毁了上林苑中的十余处宫馆，取其材瓦，营造了九处宗庙；接踵而来的又是王莽政权与赤眉义军争夺都城的战火，使上林苑遭受了毁灭性的劫难。东汉初期班固在写《西都赋》时，上林苑已是一片废墟了。上林苑自秦至西汉，在中国历史上大约存在了二百四十多年。

迷仙引·才过笄年[1]

才过笄（jī）年，初绾[2]（wǎn）云鬟[3]（huán），便学歌舞。席上尊[4]前，王孙随分相许。算等闲[5]、酬[6]一笑，便千金慵觑[7]（yōng qù）。常只恐、容易蕣（shùn）华[8]偷换，光阴虚度。

已受君[9]恩顾。好与花[10]为主。万里丹霄[11]，何妨携手同归去。永弃却、烟花伴侣[12]。免教人见妾[13]，朝云暮雨[14]。

◎注释

①笄年：十五岁。笄：古代束发用的簪子。古代女子十五岁举行戴笄的成年礼。

②绾：把长条形的东西盘绕起来打成结。

③云鬟：高耸入云的发髻。女子成年后发式由下垂改为绾结耸立。

④尊：同“樽”，即酒杯。

⑤等闲：平常。

⑥酬：用财物报答。

⑦慵觑：懒得看，不屑一顾。

⑧蕣华：指朝开暮落的木槿花，借指美好而易失的年华或容颜。

⑨君：指这位歌妓遇到的倾吐对象。

⑩花：喻青春貌美的歌妓。

⑪丹霄：布满红霞的天空。

⑫烟花伴侣：青楼卖唱生涯。

⑬妾：谦辞，古时女子自称。

⑭朝云暮雨：语出宋玉《高唐赋》巫山神女典故，这里比喻歌妓爱情不长久的卖唱生涯。

◎译文

刚到及笄之年，才开始梳绾发髻时，我就学习歌舞了。酒宴席上酒杯前，曲意迎奉王孙公子。平常想看我一笑，便是酬我千金我也不屑一顾。我只是经常担心韶华易逝，虚度了青春时光。

如今已受君恩宠眷顾，要好好为花做主。万里晴空，何不一同牵手归去呢。永远离开那卖唱生涯。免得叫人见了我，便想到我曾卖唱。

◎创作背景

这首词创作时间约在宋仁宗景祐三年（1036 年）左右，是柳永中进士后赴江南为官时所作。

◎赏析

这首通过描写一位心向自由、光明的歌妓形象，表现出她对自由生活的向往和追求。

上阕从铺写无情的现实落笔，展现这位歌妓厌倦风尘的心理活动。不知她是由于什么原因身隶娼籍，学习歌伎是为了在歌筵舞席之上“娱宾”，以成为娼家牟利的工具。由于她年轻貌美、才艺好，在华灯盛筵上为王孙公子们歌舞侑觞，席上尊前随处都能博得王孙公子的称赞，并对她的一笑以千金相酬。“一笑千金”语出汉代崔骃《七依》:“回顾百万,一笑千金”，可是，她对“千金”却“慵觑”，不想看一眼。由此可见，她与一般安于庸俗生活、贪财的歌妓们意趣相异。作者在此形象地描写了这位歌妓在风尘中不沉溺，能保持清醒头脑的独特品质。

歌舞场中的女子有如“蕣华”一样的命运。“蕣华”一词出《诗经·郑风·有女同车》“颜如蕣华”。朱熹作注说:“其华朝生暮落”，郭璞《游仙诗》也说：“蕣荣不终朝。”因此，古人多用蕣华以喻女子青春虽美艳而难久驻，有似朝开暮落一般。这位歌妓清楚地知道，她的美妙青春也将象蕣华一样很快变灭的。“光阴虚度”的结局常常使她感到困扰和担忧。

下阕写她对自由生活和美好爱情的渴望与追求。她终于在赏识者中寻觅到一位可以信任和依托的男子，便以弱者的身份和坚决的态度，恳求救其脱离火坑。他的同情、怜爱和赏识，在她看来已是“恩顾”了。歌妓犹命薄如花的女子，求他作主，求他庇护，以期改变自己的命运。“万里丹霄”写广阔的晴空。而今她有了可信任的男子，祈求盼望“何妨携手同归去”，共同缔造正常的家庭生活。“永弃却、烟花伴侣”，表示她要永远抛弃旧日的生活和那些烟花伴侣，以此来洗刷世俗对她的不良印象。

“朝云暮雨”典出自宋玉《高唐赋》。歌妓由于特殊的职业，送往迎来，相识者甚多，给人以感情不专、反复无常的印象。所以，这位歌妓她恳求、发誓，言辞已尽，愿望热切，力图证明自己非轻浮的女人向社会发出求救的呼声。

这首词摹拟一个妙龄歌妓的口吻，道出她厌倦风尘、追求爱情的心灵世界。全词纯用白描，以歌妓之口而写，读来情真意切，真挚动人，干净利落，通俗易懂，是柳词中的上乘之作。

◎轶闻异物录

及笄与笄礼

笄，发簪。古代女子满十五周岁结发，用笄贯之，因此称女子满十五周岁为“及笄”，也表示已到出嫁的年岁了。

自周代起，规定贵族女子在订婚（许嫁）以后出嫁之前行笄礼。《礼记·内则》:“女子……十有五年而笄。”笄礼一般在15岁举行，后人因称女子年满十五为及笄。如果一直待嫁，则年至20也行笄礼。

作为成人礼，笄礼在礼仪程序上大体和男子的冠礼相同。《朱子家礼·笄礼》:“笄礼由母亲担任主人。笄礼前三日戒宾，前一日宿宾，宾选择亲姻妇女中贤而有礼者担任。”笄礼冠服，用冠笄、褙子。将笄者初服，双紒、衫子。

冠（笄）之礼是我国汉民族传统的成人仪礼，是对青年成长的激励和鼓舞。

迎新春[1]·嶰管[2]变青律[3]

嶰（xiè）管变青律，帝里阳和[4]新布[5]。晴景回轻煦[6]。庆嘉节[7]、当三五[8]。列华灯[9]、千门万户。遍九陌[10]、罗绮[11]香风微度。十里然绛树[12]。鳌山[13]耸、喧天箫鼓[14]。

渐天如水，素月当午。香径里、绝缨掷果[15]无数。更阑[16]（lán）烛影花阴下，少年人、往往奇遇。太平时、朝野多欢民康阜[17]（fù）。随分[18]良聚。堪[19]对此景，争忍独醒归去。

◎注释

①迎新春：词牌名。

②嶰管：以嶰谷所生的竹子而做的律本，大概相当于现在的定声器。

③青律：青帝所司的律。在我国古代神话中青帝为司春的神仙，青律也就是冬去春来的意思。

④阳和：暖和的阳光。

⑤布：分散的各处。

⑥轻煦：微暖。

⑦嘉节：指元宵节。

⑧三五：正月十五。

⑨华灯：雕饰华美或光华灿烂的灯。

⑩九陌：汉代长安街有八街、九陌，后来泛指都城大路。

⑪罗绮：本为丝织品，这里指男女人群。

⑫绛树：神话传说中仙宫树名。这里指经人工装饰的树。

⑬鳌山：宋代元宵节，人们将彩灯堆叠成的山，像传说中的巨鳌形状，也作“鼇山”。

⑭ 喧天箫鼓：各种乐器响声震天。箫鼓：箫和鼓，这里泛指乐器。

⑮ 绝缨掷果：绝缨，《韩诗外传》卷七载："楚庄王宴群臣，日暮酒酣，灯烛灭。有人引美人之衣。美人援绝其冠缨，以告王，命上火，欲得绝缨之人。王不从，令群臣尽绝缨而上火，尽欢而罢。后三年，晋与楚战，有楚将奋死赴敌，卒胜晋军。王问之，始知即前之绝缨者。"掷果，据《晋书·潘岳传》："岳美姿仪，辞藻绝丽，尤善为哀诔之文。少时常挟弹出洛阳道，妇人遇之者，皆连手萦绕，投之以果，遂满车而归。时张载甚丑，每行，小儿以瓦石掷之，委顿而反。岳从子尼。"

⑯ 更阑：夜深。

⑰ 康阜：安乐富足。

⑱ 随分：按照个人的能力或条件（做）。

⑲ 堪：可是。

◎译文

冬去春来，和暖的阳关普照京城。晴朗的日光召回了温暖的天气。正月十五庆祝元宵节，千家万户都挂上了彩灯。汴京城内都是欢度佳节的人群，绮罗丛中飘起阵阵香风。十里之内，珊瑚艳丽。装饰有彩灯的假山耸立着，各种乐器声音震天响。

渐渐地，天空如水般澄明，月亮正当中天。街道里，少男少女狂欢忘形。到了夜深的时候，少男少女往往在竹阴花影下谈情说爱。天下太平的时候，朝廷和民间都欢快，百姓生活安乐富足。随处都可以举行美好的聚会。可是对着这种美景，怎么忍心独自离去呢？

◎创作背景

这首词因词中写的是汴京元宵的盛况，而柳永出仕后在汴京为官时间很短，故此词应该是柳永早年在汴京求取功名时创作的，但具体创作时间未确证。

◎赏析

这首词主要描写了北宋京城开封欢庆元宵节的盛况，真实地再现了宋仁宗时期物阜民康的太平景象。

上阕主要写元宵的气候、灯景、乐器，而人只是在这环境中以衣锦飘香、若隐若现地浮动着。词人通过虚中有实，似少实多的铺叙的方式，浓墨重彩地渲染出了元宵佳节的热闹气氛。“嶰管变青律”点出节令之变换，“帝里阳和新布。晴景回轻煦”，描写十五元宵灯节，帝京天气晴朗，气候宜人。“列华灯、千门万户”，描写家家张灯结彩。“遍九陌、罗绮香风微度”，描写赏灯人之众之多，以“罗绮”“香风”代替男女人群。“九陌”“十里”则说其广。“十里然绛树。鳌山耸、喧天箫鼓”，描写华灯张挂高高低低，错落有致，“箫鼓”在热闹场中吹打着。美丽的花灯配合着音乐演奏。

下阕则以疏笔淡墨来表现人们的欢乐情绪。一个“渐”字把上阕末的“喧天箫鼓”到下阕开头的“渐天如水”，拉开了时间的长度。“渐天如水，素月当午”，描写时间已到夜晚。“绝缨掷果无数”用了两个典故，形象生动地描写了当时热闹的景象。“更阑烛影花阴下”，接上句进一步描述。“太平时、朝野多欢民康阜。随分良聚”，推广开来，描写当时社会太平气象。“争忍独醒归去”结尾抒情，乐而忘返。

这首词，以铺叙见长，气象渲染，浓淡适宜；写景则时疏时密，用典则结合时宜；人物在良辰美景中活动，呈现一片太平景象，有欢乐常保的意蕴。

◎轶闻异物录

绛树

绛树是神话传说中的仙树。相传，中华民族的始祖轩辕黄帝行宫开量门的南面，长着一棵巨大的绛树。树下住着六个脑袋、遍体杏黄、红爪的嚣鸟，四只脚的蛟龙和蝮蛇、长尾猿、豹、诵鸟、雕，以及那个不怕割肉的视肉等等。而绛树自歌，声腔韵节一丝不乱。

后世唐代诗人韦应物曾写诗咏绛树："绛树无花叶，非石亦非琼。世人何处得，蓬莱石上生。"诗中所说的绛树是指珊瑚。绛者，大赤也。

浪淘沙·有个人人[1]

有个人人。飞燕[2]精神。急锵(qiāng)环佩[3]上华裀[4](yīn)。促拍[5]尽随红袖[6]举，风柳[7]腰身。

簌(sù)簌[8]轻裙。妙尽尖新[9]。曲终独立敛香尘[10]。应是西施[11]娇困也，眉黛[12]双颦(pín)。

◎注释

①人人：那人，常指所爱者，此处指歌女。

②飞燕：指赵飞燕，汉成帝皇后，能歌善舞，以体态轻盈著称。

③急锵环佩：环佩发出急促的铿锵响声，形容步履轻盈敏捷。

④裀：《说文解字》谓“重衣也”，此处指供歌舞用的地毯。

⑤促拍：节奏急促的乐曲。

⑥红袖：本指古代女子的襦裙长袖，后来就成了女子的代名词。这里是本意。

⑦风柳：风吹拂下的柳枝，这里形容女子腰身轻柔。

⑧簌簌：象声词，此处形容衣裙飘动的声音。

⑨尖新：新颖别致。

⑩香尘：女子舞步带起的尘土。

⑪西施：春秋时期越国美女。

⑫眉黛：古代妇女以黛画眉，因此以眉黛指眉。黛：青黑色颜料。

◎译文

有一位女子，舞蹈时的风采神韵有如飞燕。伴着急促悦耳的玉饰声，她翩翩起舞于华丽的地毯上；音乐伴随着她红袖的飘动而响起，她的腰身轻柔，犹如风吹拂下的柳枝。

飘舞的衣裙发出的簌簌声，美妙新奇。音乐结束了，她收敛了步履亭亭玉立。像西施一样皱着双眉，料想是她的身心已然困倦了吧。

◎创作背景

这首词应该是作于柳永未出仕之前，目睹舞女翩翩起舞，被曼妙的舞姿所吸引而作下此词，具体创作时间未确证。

◎赏析

这首词描绘了一位舞女轻盈的舞姿，反映出词人心灵深处追求唯美的情愫。

上阕开头“有个人人。飞燕精神”，“人人”传达出了词人对她的喜爱之情，然后词人将舞女比作赵飞燕，简练而直接，说明她既有美丽的容貌，又善于舞蹈。“急锵环佩上华裀。促拍尽随红袖举，风柳腰身”，写舞女的舞姿，在叮叮当当的环佩撞击声中她疾步踏上华丽的地毯，伴随着音乐的节奏尽情地甩动红袖，那舞动的身躯如同轻盈的柳枝在风中摇曳。

下阕紧接上阕，继续描绘舞蹈结束时由动到静的变化，以及舞女亭亭玉立的静态美。“簌簌轻裙。妙尽尖新”，写美丽的衣裙随着舞女的舞蹈飘动，发出簌簌的声响。“曲终独立敛香尘”，从侧面写“香尘”似乎随着她的舞蹈停止而凝住。“应是西施娇困也，眉黛双颦”，词人将舞女皱眉的样子比做西施，用来回应开头，首尾呼应。另外词人并没有解释舞女为何“眉黛双颦”，给读者留下了想象空间。

这首词抓住了舞女神韵和体态，用“飞燕”“急锵环佩”“促拍”“红袖”“风柳腰身”“簌簌轻裙”“独立”“香尘”“眉黛双颦”等字词，既有神态的表露，又有音响地描绘；既有体态的描写，又有内心的刻画，将一位舞女的形象准确而生动地描绘了出来。

西施

西施，姓施，春秋时期越国苎萝（浙江省绍兴市诸暨市苎萝山村）人。苎罗山下有浣纱溪，江中有浣纱石，传说西施常在此浣纱。西施是中国古代四大美女之一，她天生丽质，相传连皱眉的病态也被邻女所仿，故有“东施效颦”的典故。

越王勾践三年（前 494 年），夫差在夫椒（今江苏省吴县西南）击败越国，越王勾践被迫向吴国求和。针对吴王好色的弱点，大夫文种向越王献灭吴七策，其中有一计便是美人计。后来，他们发现了西施，便把她带回会稽，教以歌舞、礼仪，将一位浣纱女训练成一位举手投足体态优美、待人接物十分得体的宫女，献给吴王夫差，使夫差如醉如痴，沉湎女色，不理朝政，终于走向亡国丧身的道路。勾践灭吴后，西施随范蠡泛五湖而去，不知所终。一说沉江而死，一说复归浣江，终老山林。

临江仙引·渡口[①]

渡口、向晚[②]，乘瘦马、陟[③]（zhì）平冈[④]。西郊又送秋光。对暮山[⑤]横翠[⑥]，衬[⑦]残叶飘黄。凭高念远，素景[⑧]楚天[⑨]，无处不凄凉。

香闺[⑩]别来无信息，云愁雨恨[⑪]难忘。指帝城归路，但烟水茫茫。凝情[⑫]望断泪眼[⑬]，尽日独立斜阳。

◎注释

① 渡口：有船或筏子摆渡的地方。

② 向晚：近晚，傍晚。

③ 陟：登上。

④ 平冈：指山脊平坦处。

⑤ 暮山：暮色中的山。

⑥ 横翠：呈现翠绿色。

⑦ 衬：以暮山为背景衬托。

⑧ 素景：秋景。

⑨ 楚天：长江中南部天空，此指南方天色。

⑩ 香闺：指青年女子的内室。

⑪ 云愁雨恨：因男女恋情而引起的烦恼。

⑫ 凝情：全神贯注。

⑬ 望断泪眼：即泪眼望断。望断：望尽。

◎译文

傍晚离开渡口，骑着瘦马登上那山脊平坦处。西郊又送来了秋日的风光景色。暮色中，山上呈现的翠绿色，衬托着纷纷飘落的黄叶。登高思远，南国的秋景，无处不凄凉。

自从和她分别后，彼此没有消息，难忘那因相恋而产生的烦恼。指着回归京城的道路，但见雾霭笼罩着广阔无际的茫茫水面。泪眼情意专注，向远处望去，直到看不见，终日就这样独自伫立，直到夕阳西沉。

◎创作背景

柳永入仕之后辗转江浙之间，所任多为低品级的小官，很不得志。这首《临江仙引》就是他入仕后写的羁旅行役之词，具体创作时间未确证。

◎赏析

这首词是登山临水、望远兴怀之作，虽写旅途相思之情，但其中寄寓了更多的人生感慨。

上阕描绘了一个凄苦的泊者的形象：乘瘦马，陟平冈，在深秋暮色中，面对“暮山横翠”“残叶飘黄”内心非常的凄凉。

下阕怀念香闺佳人。“香闺别来无信息”而烦恼愈深。“烟水茫茫”，归期无望，只有“凝情望断泪眼”，留下一个“尽日独立斜阳”的孤独的身影。

这首词语言凝练，节奏舒缓，首尾呼应，通篇不用典，不施涂泽，清畅如话，足见作者的天真率意。

◎轶闻异物录

“临江仙引”词牌

南宋黄昇《花庵词选》注：“唐词多缘题，所赋《临江仙》，则言仙事。”“临”本意是俯身看物，临江而看的自是水仙，但中国历代所祭的水仙并不确定。像东汉袁康、吴平《越绝书》所记的春秋吴国功勋伍子胥受谗而死成为长江水仙，东晋王嘉《拾遗记》称战国楚大夫屈原为湘江水仙。

此外，还有琴高、郭璞、陶岘各为不同水仙的记载。另外，投湘江而死的舜之二妃、三国魏曹植笔下的洛河女神，都是人们祭祀的对象。明董逢元《唐词纪》认为，此调“多赋水媛江妃”。

“引”是唐宋杂曲的一种体制。它原是古代琴曲的名称，在唐宋杂曲中有前奏曲、序曲的意思。后来成为词调的一种类别，多数由大曲摘遍翻演而成，个别来自杂曲。体制一般比“令”长，但比“近”“慢”短。调名本意即以引曲的形式歌咏临江凭吊水仙女神。

临江仙引·上国[1]

上国。去客[2]。停飞盖[3]、促离筵[4](yán)。长安古道绵绵[5]。见岸花啼露[6]，对堤柳愁烟[7]。物情人意，向此触目，无处不凄然[8]。

醉拥征骖[9](cān)犹伫立，盈盈泪眼相看。况绣帏[10]人静，更山馆[11]春寒。今宵怎[12]向[13]漏永[14]，顿成两处孤眠。

◎注释

①上国：泛指京都以西地区，此处指华州。

②去客：指离开陕西的人。

③飞盖：车盖。车行时盖衣因风而飞动，所以称飞盖，此处代指车驾。

④促离筵：匆促地参加离别的筵席。

⑤绵绵：连续不断的样子。

⑥岸花啼露：岸边的花上还带着朝露。

⑦烟：薄薄的雾气。

⑧凄然：凄凉悲伤。

⑨征骖：驾车远行的马。

⑩绣帏：指闺阁。

⑪山馆：山野驿馆。

⑫怎：怎奈。

⑬向：语气助词。

⑭漏永：指夜长。漏：滴漏，是古代的计时器。

◎译文

现在要离开华州了。停下车驾，匆促地参加送别的筵席。

长安古道好像没有尽头。只见河岸的花朵带着朝露，似乎正在哭泣，对面长堤上茂密的柳林也仿佛被忧愁笼罩。面对此景，触目伤怀，那物的情状、人的情绪无处不凄凉悲伤。

醉意下仍持握缰绳骑马伫立，彼此凝视，泪珠晶莹。更何况这一离别，将使彩绣帏帐中人孤寂，山中馆驿春夜寒。今宵将怎样面对这漫漫长夜，一下子分居两处，独自而眠。

◎创作背景

宋仁宗天圣八年(1030年)，柳永因知交零落，心情不佳，离汴京去西北漫游，在自汴京出发西游时，有感于世事无常，写下了这首《临江仙引》。

◎赏析

这首词是作者远行时所写，表达了无限的离情别绪。

上阕写离别之后的情景。“上国。去客”，直接点明主题，写离别之情。“停飞盖、促离筵”，叙事语势富有节奏，却又十分急促，不仅表达了词人行色匆匆，又与下句“长安古道绵绵”形成鲜明的对比。行色匆匆说明词人与恋人离别的时候也是短暂的，道途“绵绵”则又意味着难以再次相聚。这几句通过叙事与写景为全词铺设了浓重的悲剧氛围。

“岸花啼露”“堤柳愁烟”是描绘离别之景。清代学者王国维在他的《人间词话》里写道：“昔人论诗，有景语情语之别，不知一切景语皆情语也”。“岸花”本是乐景，但是词人却以“啼露”修饰，颇有杜甫“感时花溅泪，恨别鸟惊心”(《春望》)的感觉，因为词人“啼”“愁”，所以他才会看到“岸花啼露”“堤柳愁烟”。这里的“露”又象征着人的眼泪，“烟”象征着人的愁情。以景写情，又移情于景，分不清是情还是景，既是“物情”，也是“人意”，意境又极其凄绝、迷离，自是“向此触目，无处不凄然”了。

下阕转而写与恋人分别时的情景。“醉拥征骖犹伫立”写临分手的瞬间，这时词人已经喝醉了，坐在车上，却想“伫立”，想要留在此地，不想继续走下去了，因为“盈盈泪眼相看”，恋人的泪水里饱含着依依惜别的情意。

“况绣帏人静”“更山馆春寒”，分别从双方着笔，写离别之后的孤寂，一个在“绣帏”，一个在“山馆”，同样是“人静”“春寒”。“今宵怎向漏永，顿成两处孤眠”，描写两处离人，同样的“今宵”，同样的“漏永”，同样的“孤眠”，同样的无可奈何。

这首词构思布局巧妙，颇类似《雨霖铃·寒蝉凄切》，但词意较为高洁，较少缠绵细腻之状。上阕，时间、空间相对静止，饯别之时、临岐之地；下阕时间、空间相对处于推移变化中，时间延长，空间扩展。整首词作者运用时空设计上的匠心，把离情抒写得既有浓缩的情致，又有绵长的余韵。

◎轶闻异物录

驿馆

驿馆，是驿站的客舍。在唐代，“驿”的任务由通信、接待、运输等各方面组成，“馆”是在驿之外设置的主管接待的处所。

因为在古代夜晚城门要关闭，若驿馆设于城内对于传递公文情报和接待往来多有不便，因此驿馆多设于城外，一般设在大道要冲，或傍依江河。杜甫在《舟中》一诗中“风餐红柳下，雨卧驿楼边”的描述，生动地说明了驿馆离水之近。为保证功能的正常运转，驿馆还配备一定的辅助设施，如厨房、仓库、马厩等。

金蕉叶·厌厌夜饮[1]平阳第[2]

厌厌夜饮平阳第。添银烛[3]、旋呼佳丽[4]。巧笑[5]难禁，艳歌无间声相继。准拟幕天席地[6]。

金蕉叶[7]泛金波[8]齐，未更阑、已尽狂醉。就中有个风流，暗向灯光底。恼[9]遍两行珠翠[10]。

◎注释

①厌厌夜饮：《诗经·小雅·湛露》："厌厌夜饮，不醉无归。"厌厌，安闲的样子。

②第：府第。

③银烛：这里用来喻明亮的灯光。

④佳丽：美丽的女子。

⑤巧笑：美好的笑。

⑥幕天席地：指把天当做住房的顶盖，把地当做睡觉的床。

⑦金蕉叶：酒杯名。

⑧金波：美酒名，也泛指酒。

⑨恼：使生气、触怒。这里指撩拨姑娘，令其生气。

⑩珠翠：妇人饰物，此处指盛装的美人。

◎译文

安闲的在平阳府里夜饮，新添了蜡烛，又呼唤来年轻貌美的姑娘。姑娘们的笑容难以禁止。美艳的舞蹈和歌曲，没有间断，好像要把天当作房屋的盖，把地当作床。

酒杯中的酒都快要溢出来了，还没有到夜深的时候，所有人就都喝得大醉。在参加酒宴的人当中有个风流的人，偷偷地到灯光照射不到的幽暗之处，将两行姑娘撩拨一遍。

◎创作背景

这首词创作时间约在宋仁宗天圣七年（1029 年），是柳永在平阳郡王府宴饮时所作。

◎赏析

这是一首描写宋代权贵举行宴会的词，典型地反映了士大夫文人的享乐生活和享乐心理。

词中描写这次夜宴的情景，参与酒宴之人尽皆大醉，醉后不免酒后失态，其中一人竟然借酒调戏妓女，丑态百出。柳永往往于铺排敷陈之末，抓住一个有意味的细节，使全词皆活，给人留下极为深刻的印象，本词最后一句“恼遍两行珠翠”就是这样，但是词人对此并无批评责备之意，反而以此入词，作为风流韵事而传播博笑，客观反映了封建社会官场之腐败，豪贵之人生活的奢侈和无耻。

柳永的词多写勾栏风尘女子之事，记录了宋代秦楼楚馆的繁华热闹，被士大夫文人所不耻，被认为是“淫词艳曲”，这也成为他求官不顺的原因之一。

◎轶闻异物录

“更深夜静”的“更”

更，是古人计量夜晚时间、时段的一个计量词。古代一昼夜分十二时辰或一百刻，其中完全属于夜晚的有四十刻，每十刻一段，连同首尾共五个节点，称为五更。把晚上戌初一刻作为一更，亥初二刻作为二更，子时整作为三更，丑正二刻为四更，寅正四刻为五更。即从晚上 7:12 起更，9:36 左右第二更，00:00 左右第三更，凌晨 2:24 左右第四更，凌晨 4:48 左右第五更。由此可见“四更造饭，五更开船”相当于“凌晨 2:24 左右开始做饭，4:48 左右开船”。“五更三点”即早上 6:00（卯时整，上朝时间，又称点卯）。“三更四点”即凌晨 1:36。

锦堂春[①]·坠髻[②]慵[③]梳

坠髻慵梳，愁蛾[④]懒画，心绪[⑤]是事阑珊[⑥]。觉新来[⑦]憔悴，金缕衣宽[⑧]。认得[⑨]这疏狂[⑩]意下[⑪]，向人诮（qiào）譬（pì）如闲[⑫]。把芳容整顿[⑬]，恁[⑭]地轻孤[⑮]，争忍心安。

依前过了旧约，甚[⑯]当初赚我，偷剪云鬟[⑰]（huán）。几时得归来，香阁[⑱]深关。待伊要、尤云殢（tì）雨[⑲]，缠绣衾[⑳]、不与同欢。更深[㉑]、款款[㉒]问伊，今后敢更[㉓]无端[㉔]。

◎注释

①锦堂春：词牌名。

②坠髻：下垂的发髻。

③慵：懒。

④愁蛾：愁眉。

⑤心绪：心情。

⑥阑珊：衰减，消沉。此指心情低落。

⑦新来：近来。

⑧金缕衣宽：衣服变宽了，意思是身体消瘦了。金缕衣，缀以金丝的衣服。此泛指漂亮的衣服。

⑨认得：知道。

⑩疏狂：豪放，不受拘束。此指狂放的人。

⑪意下：心中。

⑫向人诮譬如闲：意思是若无其事的和别人说笑闲聊。诮：责怪。譬如闲：若无其事。

⑬整顿：整理。

⑭恁：这样、如此。

⑮ 轻孤：轻易辜负。孤，辜负，为“辜”的本字。

⑯ 甚：为什么。

⑰ 剪云鬟：古代情人离别，女方常剪发相赠。云鬟：女子如云的发鬟。

⑱ 香阁：青年女子的住室。

⑲ 尤云殢雨：比喻缠绵于男女欢爱。

⑳ 绣衾：绣花被子。

㉑ 更深：夜深。旧时把一夜分作五更，每更约两小时。

㉒ 款款：缓缓，慢慢。

㉓ 更：再。

㉔ 无端：无赖。

◎译文

坠落的头发无心梳理，紧锁的愁眉懒得描画，心情低落，事事无心关心。感觉自己近来憔悴，身上的金缕衣也显得宽松了许多。如今知道你这个风流之人，已是若无其事的和别人说笑闲聊。我应该整理好美丽的容颜，这样的轻易辜负青春年华，怎能安心?

你又和从前一样在相约之期并未到来，既然这样，为何当初要骗我剪下一绺秀发相赠？等到你回来，我要将房门紧紧关上；等到你想要和我求欢时，我要紧缠鸳鸯绣被，不与你同床共枕；等到更鼓已深，我才慢慢地问你，今后还敢这样无赖失约吗?

◎创作背景

柳永是一位有浓厚市民意识的词人。他的许多歌妓情词，都以世俗的心理、趣味来描写爱情故事，充满了平凡、琐细而又甜蜜、愉悦的市民情调。这首《锦堂春》就是其中很有代表性的词作之一。根据词描写的内容看，应作于柳永未出仕之前，具体创作时间待考证。

◎赏析

这是一首代闺怨词，词人塑造了一位对情人爱极又恨极的歌妓形象。

上阕写女主人公无心梳妆打扮，原因是思念爱人。

“坠髻慵梳，愁蛾懒画”，一组四字对偶，直接表现这位妇女的精神状态。“坠髻”表示发髻已松欲散了，而她“慵梳”；“蛾眉”已经含愁不展了，而却“懒画”。前面几句铺写生活慵懒的状态，故设悬念，以引出读者对背后的原因的好奇和追究，原来是因为“心绪是事阑珊”，心情不好，凡事都打不起精神来做。“新来憔悴”“金缕衣宽”更进一步形容心情不好民引起的后果：面容憔悴，身体消瘦，衣裳都变得宽大了。古人每以衣带宽松来表示身体消瘦，柳永《凤栖语》词也有“衣带渐宽终不悔，为伊消得人憔悴”之句。

“认得这疏狂意下，向人诮譬如闲”，道出女主人公之所以无心梳妆、消瘦憔悴的真正原因，都是因为这位“疏狂”的年青人不把她的爱情当会事引起的。

词中的女子并不甘心长久地沉溺在忧伤之中。“把芳容整顿”，是她不甘向命运屈服的第一步，与开始的“慵梳”“懒画”相照应。“恁地轻孤，争忍心安”说如果因为这点事情就弄得形容憔悴，轻易辜负了自己的青春，怎能心安呢？这也是上阕词意的小结。

下阕写女主人公因爱生恨，想办法准备惩罚所爱之人。追思往事，使她内心不安和气愤难平：“依前过了旧约，甚当初赚我，偷剪云鬟”，古代男女相别之时，有订立盟约、女子剪发以赠的习俗。赠发的意义是为了让男子见发如见人，另外还有以发缠住男子之心的寓意。

词中女主人公怨恨“疏狂”的人竟一再地失约，既然他失约而不遵守诺言，为何当初又骗取她剪下一绺秀发为赠呢？他竟把盟约当作儿戏了！恼恨之下，她盘算着等他归来，要设法收拾教训他，要他悔过认错，还要保证今后不能再无赖爽约。最后以“更深、款款问伊，今后敢更无端”结束，戛然而止，如同一出夫妻斗气轻喜剧的结束。

这首词用代言体，巧妙地抓住抒情的女主人公在梳妆瞬间的心理流程，用内心独白的方式，惟妙惟肖地摹写女主人公复杂的心理活动，其细节刻画一气呵成，将她因爱深而恨极的情状写得淋漓尽致。词意集中凝炼，颇能打动人心。

在这首词中，柳永塑造了一位与传统文人诗词中的女性迥异其趣的市井女子形象：泼辣、自强、有手段、敢抗争。词的格调虽说不上有多高，但情真味浓，丝毫不涉俗套。由此词亦可看出柳永对风尘女子的了解和赏爱。

在语言上，主要用浅近的白话，甚至市井俗语，如“是事”“认得”“诮”“恁地”“争”“赚”“无端”等表现力很强的通俗文学语言。

在结构上，主要采用市民所喜闻乐见的浅型结构方式，有细节、有情节，层层设包袱悬念，紧紧抓住读者的好奇心。这也是柳永之所以能赢得广大市民读者的一个重要原因。

◎轶闻异物录

云鬟

云鬟，指高耸的环形发髻，泛指乌黑秀美的头发，借指年轻貌美的女子。唐李白《久别离》诗：“至此肠断彼心绝，云鬟绿鬓罢梳结。”

古代女子之美，一半在服饰，一半则全靠形态各异的发髻。而且，不同年龄、身份的女子，往往梳的是不同的发式，一切都有章法可寻，乱了套就不符合礼法了。比如，古代女子十五岁之后可以将头发盘起来，并用簪子绾住，表示已经成年。前蜀花蕊夫人《宫词》之三十："年初十五最风流，新赐云鬟使上头。"

抛球乐·晓[①]来天气浓淡[②]

晓来天气浓淡，微雨轻洒。近清明[③]，风絮巷陌[④]，烟草[⑤]池塘,尽堪图画[⑥]。艳杏暖、妆脸匀开,[⑦]弱柳困、宫腰低亚[⑧](yā)。是处丽质[⑨]盈盈[⑩],巧笑[⑪]嬉嬉,争簇秋千[⑫]架。戏彩球罗绶[⑬]，金鸡芥羽[⑭]，少年驰骋，芳郊绿野。占断五陵[⑮]游，奏脆管[⑯]、繁弦[⑰]声和雅[⑱]。

向名园深处,争抳[⑲](nǐ)画轮[⑳],竞羁[㉑](jī)宝马。取次[㉒]罗列杯盘，就芳树、绿阴红影下。舞婆娑，歌宛转，彷佛莺娇燕姹[㉓](chà)。寸珠片玉，争似此、浓欢无价。任他美酒，十千一斗[㉔]，饮竭仍解金貂贳[㉕]。恣[㉖](zì)幕天席地[㉗]，陶陶[㉘]尽醉太平，且乐唐虞[㉙]景化。须信艳阳天[㉚]，看未足、已觉莺花[㉛]谢。对绿蚁翠蛾[㉜]，怎忍轻舍。

◎注释

①晓：天明。

②天气浓淡：天气忽晴忽阴。

③清明：二十四节气中的第五个节气，时间点在农历每年三月初一前后（公历 4 月 4—6 日）。我国有清明扫墓踏青的习俗。

④巷陌：街巷的通称。

⑤烟草：烟雾笼罩着芳草。

⑥图画：即入画，意为画入图画，进入画境，形容景物优美。

⑦艳杏暖、妆脸匀开：杏花艳丽，好像美人化妆后的脸。匀开：均匀地抹开。

⑧ 弱柳困、宫腰低亚：柳枝轻柔低垂，如春困美人的细腰。宫腰：指楚宫腰。《韩非子·二柄》：“楚灵王好细腰，而宫中多饿人。”后以宫腰喻细腰。亚：通“压”，低垂的样子。

⑨ 丽质：指浓妆艳抹的女子。

⑩ 盈盈：仪态美好。

⑪ 巧笑：美丽动人的笑，一般指女子之美。

⑫ 秋千：游戏用具，将长绳系在架子上，下挂蹬板，人随蹬板来回摆动。我国清明节有荡秋千的习俗。

⑬ 彩球罗绶：彩球上系着绫罗丝带。罗绶：从彩球中引出的丝带，抛掷时可以握持。

⑭ 金鸡芥羽：指斗鸡游戏。芥羽：一说，斗鸡者将芥末播在鸡羽上，以促其战斗；另一说，为鸡翅上穿上甲。

⑮ 五陵：指华贵公子。五陵原为长陵、安陵、阳陵、茂陵、平陵五县的合称，均在今陕西省咸阳市附近，为西汉五位皇帝的陵墓所在地。汉元帝以前，每立陵墓，辄迁徙四方富豪及外戚居住，令其供奉陵园，称为陵县。故后世称豪族子弟为“五陵少年”。

⑯ 脆管：笛的别称。

⑰ 繁弦：繁杂的弦乐声。

⑱ 和雅：乐曲的声调和谐雅正。

⑲ 抳：同“柅”，意思是“遏止”。

⑳ 画轮：即画轮车。《晋书·舆服志》：“画轮车，驾牛以彩漆画轮毂，故名曰画轮车。”

㉑ 羁：束缚，此指拴马。

㉒ 取次：随便

㉓ 姹：美丽。

㉔ 十千一斗：极言酒价昂贵。千：指千钱，古代钱中有孔，用绳索贯成串，一千钱为一贯。

㉕ 金貂贳：用金貂赊酒。金貂：皇帝左右侍臣的冠饰。贳：本意为出租、出借，后引申为与之相关的经济活动。意为出赁、赊欠，或宽纵、

赦免，也是百家姓之一。

㉖ 恣：放纵。

㉗ 幕天席地：把天作幕，把地当席，形容放纵形骸，一醉方休。

㉘ 陶陶：和乐的样子。

㉙ 唐虞：唐尧与虞舜的并称。

㉚ 艳阳天：明媚的春天。

㉛ 莺花：泛指可以观赏的春景。

㉜ 绿蚁翠蛾：指美酒和美女。绿蚁：新酿的酒还未滤清时，酒面浮起酒渣，色微绿（即绿酒），细如蚁（即酒的泡沫），称为“绿蚁”。翠娥：泛指美女。

◎译文

天亮时天气忽晴忽阴，下着濛濛细雨。快到清明时节，满大街都飘舞着柳絮，池塘边烟雾笼罩着芳草，这些景物是如此美丽，都可以入画。艳丽的杏花，好像美人化妆后的脸；柳枝轻柔低垂，如春困美人的细腰。到处都是仪态美好的女子，她们的笑容明媚动人，争着向秋千架旁聚集。男子有的手握彩球的丝带，有的在斗鸡。少年策马疾驰，去往郊外踏青。百姓们占尽了富贵少年游玩的地方，人们吹奏脆笛等乐器，到处都有和雅而又繁杂的弦声。

人们向着园林的深处，争着停下画轮车，拴住宝马。随意地放置杯盘于树下，在树荫下，舞姿优美，歌声嘹亮，就好像黄莺、春燕一样。寸大的宝珠，片阔之玉，虽然是宝物，但再贵也比不过今天的欢乐，因为它是无价的。任凭他美酒一斗值千钱，喝完了就用头上的帽子去换酒。以天为幕，以地为席，尽情的喝酒，就好像在唐虞时代一样。艳阳天在还没看足的时候，已发觉莺飞花谢。对着美酒和美女，怎么忍心轻易舍弃啊?

◎创作背景

因这首词中描写的是汴京清明的盛况，而柳永出仕后在京为官时间很短，所作词也大多是官场所见，故此词应该是柳永早年在汴京求取功名时创作的。具体写作时间待考。

◎赏析

这首词描写了清明节京城美丽的自然景色和节日盛况以及作者的心里感受。柳永生就一副要尽享人生欢乐的心性，他不仅要尽情尽兴地享受欢乐，还要用词记录下这生活的欢乐，这首词就是他记述人生欢乐的作品，但是这样的生活并不常在，因而他在回忆旧日的欢乐中，表达出因欢乐不常在而生出的痛苦。

上阕写清明节美丽的自然景色以及清明节日百姓们的活动盛况。

“晓来天气浓淡，微雨轻洒”，写自然气候，天气忽晴忽阴，不时会有细雨落下，写的疏疏淡淡。“近清明，风絮巷陌，烟草池塘，尽堪图画”，写自然景物，巷陌里风吹柳絮，池塘边烟笼芳草，写的极其飘逸而秀雅。这里描画出一幅清明烟雨图，笔力清劲而简洁。

“艳杏暖、妆脸匀开，弱柳困、宫腰低亚”，承接上段，继续写自然景物：艳丽的杏花和悬垂的杨柳。这些景物颜色浓艳，又与之前的风絮、烟草形成了鲜明对比，重复中显出了不重复。在语言上用了对偶，手法上用了拟人手法，但景物选择上有些小气与作态，失掉了自然本色。

“是处丽质盈盈，巧笑嬉嬉，争簇秋千架”，写少女们荡秋千，以“盈盈”状其仪态，以“嬉嬉”状其笑貌，以“争簇”状其争先恐后的热烈情态。

“戏彩球罗绶，金鸡芥羽，少年驰骋，芳郊绿野”，写男子戏彩球。“彩球”配以“罗绶”，“金鸡”饰以“芥羽”，“芳郊绿野”是驰骋的园地，写得华丽而热烈。

少女的活动以“是处”领起，男子的活动则以“芳郊绿野”结住,都是为突出清明游嬉的场面,处处展现着节日的民风民俗。

“占断五陵游，奏脆管、繁弦声和雅”，为嬉游的场面配上笛声，以及“和雅”的“繁弦”声，使气氛更加活泼热烈，且毫不夸张地使清明节的民间游艺超过了贵族豪门的王陵之游。

上阕词人的主体形象似在此游乐的场面中，又似游离于这场面之外。下阕词人的形象才正式登场，并把自己的形象放置于一系列的清明游乐活动中。

首先写他和歌女们一起“扼画轮”“羁宝马”于“名园深处”。这里用了“争”字和“竞”字，描写游人之多，也表示词人游历时的心情非常愉快。接着写他们随意地“罗列杯盘”于“芳树”的“绿阴红影”下，开始饮酒，事与景和谐地相融为一。第三，描写赏舞听歌以壮游兴，舞如“莺娇”，歌如“燕姹”，使人尽欢尽兴，于是引发出词人内心的价值较量：寸大之珠、片阔之玉是宝物，再贵也有价，比不上今天的“浓欢”“无价”。至此，词人已有些飘飘然而忘形，大呼任凭它美酒一斗值万金，饮尽了尽可解下高贵的帽子去换酒，其疏狂已接近李白“五花马，千金裘，呼儿将出换美酒”（见《将进酒》）的境地了。至此，词人的热度已升至顶点，希望以天为幕、以地为席，“尽醉”于似唐虞时代的太平盛世。只是，词人热烈的情绪此时已成强弩之末，天下没有不散的筵席，艳阳之天在尚未看足之时已觉察到莺飞花谢、好景有尽。最后，只有勉强振作起来，以不忍轻舍眼前的美酒来告慰自己，也告慰他人。整个下阕，可说是步步推进地写尽了词人的人生和心路的历程。

全词用赋笔将清明时节的自然之美、节日之盛、游人之欢、宴饮之畅，纷繁地呈现于读者面前，可谓花团锦簇，炫人眼目。

◎轶闻异物录

画轮车

画轮车，是一种流行于宋以前的豪华车。《晋书·舆服志》是这样介绍的："画轮车，驾牛，以彩漆画轮毂，故名曰画轮车。上起四夹杖，左右开四望，绿油幢，朱丝络，青交路，其上形制事事如辇，其下犹如犊车耳……自灵献以来，天子至士遂以为常乘。"由此可知，画轮车是一种牛车，因为用彩色的漆画在轮毂上，所以叫画轮车。车上面有四根柱子，左右可以开四个窗户，车厢的四壁漆成绿色的，四壁之间以红色丝绸作间隔，上面看犹如帝王的车辇，下面看就是牛车，自汉献帝、汉灵帝以来，皇帝和士子都以这样的车为日常工具。宋以后这样的车就不见使用和记载了。

凤衔杯·有美[1]瑶卿[2]能染翰[3]

有美瑶卿能染翰。千里寄、小诗长简[4]。想初襞[5]（bì）苔笺[6]（jiān），旋挥翠管[7]红窗畔。渐玉箸（zhù）、银钩[8]满。

锦囊[9]收，犀轴[10]卷。常珍重、小斋吟玩[11]。更宝若珠玑[12]，置之怀袖时时看。似频见、千娇面。

◎注释

①美：美人。

②瑶卿：神话传说中王母的侍女，貌甚美，此处指代柳永爱的人。

③染翰：写字作诗。

④简：信件。

⑤襞：衣服上打的褶子，这里引申为折纸。

⑥苔笺：用苔纸制成的小笺。

⑦翠管：毛笔，因笔杆以玉制成，所以叫翠管。

⑧玉箸、银钩：分别指篆书和草书，此处指书法。

⑨锦囊：用锦制成的袋子。古人多用以藏诗稿或机密文件。

⑩犀轴：犀角做的轴，用于书画装裱。

⑪吟玩：吟咏赏玩。

⑫珠玑：珠宝，珠玉。

◎译文

瑶卿不仅美丽还是一位通诗文的才女，从千里之外寄来了一首小诗和一封长信。我不由地想象她折纸写作的样子。她在红红的小轩窗边，挥动翠管，不一会儿就写好了，不管是小篆还是草书，都写得恰到好处。

我把它们用锦囊收起，用犀轴卷起，很珍视它，经常在书

房里吟咏把玩。更其看成珠玉一样珍贵，常常放在怀中、衣袖中，不时地看一看，每次看见书信，就像看到她千娇百媚的容颜一般。

◎创作背景

宋仁宗天圣三年（1025年），柳永在江南漫游，收到红颜知己瑶卿的信后写下了这首《凤衔杯》，表达了对这位美妓翰墨才情的欣赏。

◎赏析

这首词人通过描写作者对红颜知己来信的赞美，反映出词人一向珍重情感的品性。

上阕想象着佳人作诗简的情景，历历如在眼前，足见思念之切。

“有美瑶卿能染翰。千里寄、小诗长简”，以记叙的方式介绍瑶卿的才能和她在千里之外寄来书简的事实。瑶卿这位美人有文学方面的才华，她从千里之外的京城，特意向“我”寄来亲笔书写的小诗和长信。

“想初襞苔笺，旋挥翠管红窗畔”，由赞美她的才华而想象她濡毫挥写的神志。这两句以细节的刻画，表现出瑶卿在写书简时专注雅静的神情，表现出一种文静和聪慧之美。她折叠好淡绿的笺纸，在朱窗之下挥运翠玉之管，笔势飞动，字如珠玑。

“渐玉箸、银钩满”，形容她的书法行笔匀均沉稳而笔画道劲丰满。虚词“渐”表现出运笔的特点，“满”字则形容出笔画的充实劲健。

下阕写珍重来书，待物如人，表达作者重情义品质。

“锦囊收，犀轴卷”，写词人对瑶卿所赠的书简十分珍爱，也表达对她的赞赏与想念之情。

“常珍重、小斋吟玩”，写词人经常怀着珍重的心情，在书斋之中展视吟赏。

“更宝若珠玑，置之怀袖时时看”，写将它当作珠玉宝贝一样看待，经常带在身上，藏之怀袖，不时地拿出来欣赏，简直到了爱不释手的地步。

“似频见、千娇面”，词人睹物思人，每看一回她的手书笔迹，就是对她的一回怀想和思念。

全词紧紧围绕诗简展开想象描写，精致而隽永。

◎轶闻异物录

锦囊

“锦”，指好看的或质量好的绸缎帛。锦囊就是用绸、缎、帛等做的袋子，在古代用来装信函，相当于现在的信封。

成语“锦囊妙计”，是指封在锦囊中的神妙计策，比喻预先安排下的应付意外、解救危急的有效方法，出自古典名著《三国演义》第五四回：“汝保主公入吴，当领此三个锦囊，囊中有三条妙计，依次而行。”

这个故事是说：东吴大将周瑜听说刘备的妻子刚刚去世，就设计要将孙权的妹妹许配给刘备，让刘备到东吴入赘，到时将他幽囚狱中，并用他换取荆州。诸葛亮识破此计，决计派赵云伴随刘备入东吴成亲。临行，诸葛亮悄悄对赵云说：“你保护主公到东吴，我给你三个锦囊，囊中有三条妙计，你到东吴后依计而行。”后来赵云果然依计而行，保刘备成亲，并携新夫人安全返回荆州，使得周瑜的计谋成为泡影。

凤衔杯·追悔当初孤[1]深愿[2]

追悔当初孤深愿。经年价[3]、两[4]成幽怨[5]。任[6]越水吴山[7]，似屏如障[8]堪[9]游玩。奈[10]独自、慵[11]抬眼。

赏烟花[12]，听弦管[13]。图[14]欢笑、转加[15]肠断[16]。更时[17]展丹青[18]，强[19]拈[20]书信频频看。又争似[21]、亲相见。

◎注释

①孤：同“辜”，辜负。

②深愿：深切的愿望。

③经年价：经过多年。价：语尾助词，无实意。

④两：指夫妻双方。

⑤幽怨：郁结于心的愁恨。这里指愁恨在心之人。

⑥任：任凭。

⑦越水吴山：越地、吴地的山山水水。越、吴：今江浙一带。

⑧似屏如障：好像屏风上画的一样美丽。屏、障：均指屏风。

⑨堪：可以。

⑩奈：奈何，怎奈。

⑪慵：慵懒。

⑫烟花：指春天艳丽的景物。

⑬弦管：弦乐器和管乐器，泛指歌吹弹唱。

⑭图：谋取、希望得到。

⑮转加：反而更加。

⑯肠断：形容极度悲痛。

⑰时：时常。

⑱丹青：指妻子的画像。

⑲ 强：勤勉。

⑳ 拈：用两三个手指头夹取（东西）。

㉑ 争似：怎似。

◎译文

后悔当初辜负了那深切的愿望。经过多年，夫妻二人都成了愁恨于心的人。任凭吴越的山水仿佛屏风上的画一样美丽，还可以游玩。只是独自一人无心去欣赏。

看春天的美景，听歌吹弹唱。希望得到一些欢乐，反而更加悲痛。更时常展开妻子的画像，勤勉地夹取书信来翻看。又怎似亲身相见。

◎创作背景

宋仁宗天圣三年（1025 年），柳永在江南漫游，写下这首思念妻子之作。

◎赏析

这是一首客中怀人之作，表现了柳永对妻子强烈的思念之情。

上阕写柳永与妻子分别之后，面对美景却无心欣赏。词的开头既不写景，也不叙事，而是抓住心中一种最强烈的感受——“悔”直入“话题：“追悔当初孤深愿”。当初与所爱之人离别，辜负了她对自己的一片深情厚谊，现在回想起来真是追悔莫及。时光飞逝，纵然是一个心愿深深，一个旧情萦绕，相见却遥遥无期，故曰“两成幽怨”。一“深”一“幽”两相比照，更见爱之深、怨之切。惟其如此，方引出下面“越水吴山”“似屏如障”，而由“任”字领起，再以“奈独自、慵抬眼”转接，使得景物成了叙述话语的一部分，这与纯粹的景物描写或是情景交融借景抒情的写法有着很大的不同。

下阕写词人的无奈的相思之苦。“赏烟花，听弦管。图欢笑、转加肠断”，表明词人在强自挣扎，试图在山水管弦中寻求欢笑，谁知这种努力反而增添了忧思，让人“肠断”。万般无奈之下，便只好展开妻子的来信一遍遍地观看。“时展丹青”“强拈书信”的动作细节描写极为生动传神，表现了词人内心的愁苦和为摆脱这种愁苦的努力挣扎。“又争似、亲相见”：但是，笔墨固然可以传情，终究比不上“亲相见”啊！

全词紧紧围绕着一个“怨”字层层铺陈，采用了直言的方式絮絮道来，语言浅白，不事含蓄，摆脱了传统即景传情和因物兴感的手法，表现出柳永词作的艺术特色。

◎轶闻异物录

丹青

丹青是中国画的代名词。丹指丹砂，青指青雘（音“霍”），本是两种可作颜料的矿物，但因为我国古代绘画常用朱红色和青色两种颜色，所以丹青就成为绘画艺术的代称了。如《汉书·苏武传》：“竹帛所载，丹青所画。”杜甫《丹青引赠曹将军霸》：“丹青不知老将至，富贵于我如浮云。”。《晋书·顾恺之传》：“尤善丹青。”

因此，把画家称为丹青手，把优秀画家称为丹青妙手，民间则称画工为丹青师傅。丹青比植物性颜料保存时间长，不易褪色，因此也常用来比喻坚贞，如“丹青不渝”。

轮台子·一枕清宵[1]好梦

一枕清宵好梦，可惜被、邻鸡唤觉[2]。匆匆策马登途[3]，满目淡烟衰草。前驱风触鸣珂[4]（kē），过霜林、渐觉惊栖鸟[5]。冒征尘远况[6]，自古凄凉长安道。行行[7]又历孤村，楚天阔、望中[8]未晓。

念劳生，惜芳年壮岁，离多欢少。叹断梗[9]难停，暮云渐杳。但黯黯魂消[10]，寸肠凭谁表[11]。恁驱驱[12]、何时是了。又争似、却返瑶京[13]，重买千金笑。

◎注释

①清宵：清爽宜人的夜晚。

②唤觉：唤醒。

③登途：踏上征途。

④鸣珂：马的饰物，用玉石制成，触动则发响。

⑤栖鸟：栖宿在树上的鸟。

⑥远况：远行。况，通“贶（kuàng）”，赐予、光临的意思。

⑦行行：走着走着。

⑧望中：眼中所见。

⑨断梗：折断的苇梗，比喻漂泊不定。

⑩魂消：心中难受。

⑪凭谁表：向谁诉说。

⑫驱驱：奔走辛劳。

⑬瑶京：美好的京城，指汴京。

◎译文

清静夜晚一场好梦，却被邻人的鸡鸣声唤醒。匆匆忙忙骑马踏上征途，所见尽是轻烟笼罩着枯草。前行中，清风吹拂，马的鸣珂叮当作响，我于那经霜的树林中经过，渐渐发觉将栖宿在树上的鸟儿惊动。面对淹没在尘埃里的遥远征途，让人更加体会到了自古以来长安道上好凄凉的深意。远远地又经过了一个孤零零的村庄，视野中，辽阔的南方天空尚未天明。

想起辛苦劳累的生活，可叹壮年之时与亲友聚少离多。叹息这宦游生涯的漂泊不定，难以停息，傍晚的云霞渐转幽暗。只是这低沉的情绪、极度悲伤的心事凭借谁来表诉。这奔走辛劳的生活何时是个终了。又如何能与回返京都、重新不惜代价博取美人的欢心相比啊！

◎创作背景

宋仁宗景佑元年（1034 年），仁宗亲政后特开恩科，柳永正好符合“曾五举年五十”的条件，于是他就从鄂州赴汴京参加恩科考试，并于途中写下了这首《轮台子》。同年他改原名柳三变为柳永。

◎赏析

这是一首羁旅词，通过描写行役之苦，抒发念远之情，是柳永辗转两地为官时对行旅生活的强烈内心体验，表达出他对远宦生活的厌倦和对自由快乐生活的向往。

上阕写匆匆赶路的情景，融抒情于写景叙事中。

“一枕清宵好梦，可惜被、邻鸡唤觉”，该描写由此而极富有生活气息，道出了古人起程很早，所谓“鸡声茅店月，人迹板桥霜”。柳永在破晓前朦胧月光下，急匆匆地挥着马鞭踏上旅途，眼前的景色是“淡烟衰草”，由此而点明了秋景。

“前驱风触鸣珂，过霜林、渐觉惊栖鸟”，一连串的动态描写急行：马儿穿过霜林，跑得飞快，马蹄声和鸣珂声急疾，把栖息于巢中尚在睡觉的鸟儿都惊醒得飞起来。“驱”“触”“过”“惊”，这些普通的动词，都用得十分妥贴，“触”字尤其精彩。如此这般急驰，不禁引起诗人的感触：“冒征尘远况，自古凄凉长安道”。这句点明诗人正疾驰于长安古道上。长安道是古代士人求仕游宦的必由之路，故在此可看作是语意双关，柳永借以自叹仕途艰苦。

“行行又历孤村，楚天阔、望中未晓”，词人又回过笔来写早行途中的景况。叠字“行行”，有不断前进的意味。“又”字说明一路上都宿孤村的寂寞凄凉。“楚天阔”表示诗人是策马由陕西折向中南地区、由关中向荆湖远望，只看到空阔无际，而天色此时尚未破晓。上阕词人以惯用的层层铺叙、一笔到底的手法，将旅途策马早行的寂寞辛劳表达得淋漓尽致。

下阕转入抒情。“念劳生，惜芳年壮岁，离多欢少。”这几句在章法结构上是承上启下。“劳生”总上，“离多欢少”启下。柳永中进士是五十岁，写这首词时尚未及第，所以说“芳年壮岁”。“叹断梗难停，暮云渐杳”之“叹”领出四言对句。“暮云渐杳”语意双关，上阕写将早晨的景色，这里点出暮云，意味着匆匆在旅途上奔波了一天，已到了傍晚时分。另外，还含有岁月蹉跎，自己行将迟暮之叹。

“但黯黯魂消，寸肠凭谁表”，描写离愁无处可说的愁意。“恁驱驱、何时是了”这又是一层不愿为功名奔走的愁意。“驱驱”一般不作叠字，可在这里形容诗人的急切心情。

“又争似、却返瑶京，重买千金笑”，“千金笑”是说美人一笑的难得，用一个“买”字，极鲜明地透露出柳永对汴京秦楼楚馆中寻欢作乐的渴望，是他年轻时一贯性格的表现。

这首词整体气氛显得凄清萧索，但情景如画，写晨旅情景如画淡水墨画，朦胧中透出无限凄凉况味，抒情有一唱三叹、起伏跌荡之妙，表现出作者成熟而高超的词作艺术手段和水平。

◎轶闻异物录

轮台到轮台子

轮台，古地名，在今新疆轮台南。本仑头国（一作轮台国），汉武帝时为李广利所灭，置使者校尉屯田于此。其地后并入龟兹（今新疆库车一带）。

唐声诗（唐代配乐的近体诗）有《轮台》调名，歌词为六言四句形式。“子”是“曲子”的简称，即小曲的意思。唐时舞曲有以边地命名的《轮台》曲。调名本意即为歌咏《轮台》的小曲。调见北宋柳永《乐章集》。按：此调虽以“子”名曲，然类慢词。

任半塘先生的《唐声诗》说：“此曲应即起于莫贺地方之民间歌舞。（唐玄宗）天宝（742 年—755 年）间，封常清西征时，轮台为重镇，《轮台》歌舞或即于此传至内地，精制为舞曲，流入晚唐五代不废。宋调既曰《轮台子》，足见原本于大曲《轮台》，必有舞。”

西平乐·尽日[1]凭高目[2]

尽日凭高目，脉脉春情绪[3]。嘉景清明[4]渐近，时节轻寒乍暖[5]，天气才晴又雨。烟光淡荡，妆点平芜[6]（wú）远树。黯[7]凝伫。台榭好、莺燕语。

正是和风丽日，几许繁红嫩绿[8]，雅称[9]嬉游去。奈阻隔、寻芳伴侣。秦楼[10]风吹，楚馆云约，空帐望、在何处。寂寞韶华[11]暗度[12]。可堪向晚，村落声声杜宇[13]。

◎注释

①尽日：终日、整天。

②凭高目：登高远眺。

③脉脉春情绪：此句既写春天温和之景，也写心情。“脉脉”二字也可作脉脉相视解，则春色与我心相融为一，彼此相许。

④清明：二十四节气之一。

⑤轻寒乍暖：天气已经转暖，但仍有寒意。

⑥平芜：平旷的原野。

⑦黯：黯然伤神。

⑧繁红嫩绿：繁茂的红花、嫩绿的叶子。

⑨雅称：对别人说。

⑩秦楼：歌馆妓院。下句“楚馆”意同。

⑪韶华：美好的年华。

⑫暗度：不知不觉地过去。

⑬杜宇：指杜鹃，传说为望帝（杜宇）魂魄所化。杜宇是传说中的古蜀国开国国王。公元前 1057 年，鱼凫王杜宇参加了武王伐纣的战争，号称蜀。杜宇始称帝于蜀，号曰望帝，后退而隐居西山，传说死

后化作鹃鸟。每年春耕时节，子鹃鸟鸣，蜀人听到它说“我望帝魂也”，因呼鹃鸟为杜鹃。

◎译文

整天地登高远眺，看着这春景，春色与我心相融为一。景色怡人，清明时节将至，正是乍暖还寒的时候。天气才晴朗，又下起雨来。濛濛的雨水像烟雾一样，笼罩着平旷原野上的树枝。黯然伤神地凝视、伫立。台榭被装扮一新，黄莺、燕子低声鸣叫。

正是风和日丽的好日子，花朵鲜艳繁盛、叶子嫩绿，人们都被吸引，向他人说要去赏景。无奈与寻芳伴侣相阻隔着啊！曾与自己在“秦楼楚馆”约会的女性现在在什么地方呢？我现在也只能怅然相望。美好的年华就这样不知不觉地过去。怎么能够忍受在傍晚的村庄里听杜鹃声声叫啊！

◎创作背景

柳永早年是汴京有名的风流才子，出入青楼酒肆，冶游烟花巷陌，终日浅斟低唱，啸傲王侯。后来仕途屡遭挫折，游宦他乡，生活坎坷，故写下许多咏叹羁旅行役、忆昔感旧的词章。《西平乐》便是其中之一，具体创作时间待考证。

◎赏析

这首词通过对美好春光的描写反衬出词人的黯然伤神；通过对过去歌舞宴乐的描写来反衬出词人当下的寂寞怅惘，由此充分的表达出词人的相思寂寞之情。

上阕主要写春日美景。开篇“尽日凭高目”点明全词的立足点，是词人凭高所见之景。“尽日”，写从早到晚，带有夸张意味，极言时间之长。“目”在这里名词活用当作动词，为观望之意。“脉脉春情绪”说自己是怀着一种春日的柔情观望的。

“嘉景清明渐近，时节轻寒乍暖，天气才晴又雨”，描写节

序与气候，一气呵成，悠然平稳。“雨”字是为了协韵，不一定指此刻正在下雨。

“烟光淡荡，妆点平芜远树”，描写远望所见的春光：春天的云雾光气淡淡地飘浮于平原的草地和远方的树林上，宛如蒙上一层轻纱，隐隐约约、朦朦胧胧，将景色妆扮得十分美丽。词人被春景的美好所触动，可又因心中有隐痛，不禁黯然神伤，然而他既被吸引住，就不忍离去了。

“黯凝伫。台榭好、莺燕语”，台阁亭榭是那样精美，莺歌燕语又是多么悦耳。这段三言三句，节奏急促，隐含内心情绪的激动。

下阕写触景伤情、寂寞无侣的悲哀。“正是和风丽日”是对上阕的总承；“几许繁红嫩绿”是进一步对春景的设色。“繁红嫩绿”用得好,后来李清照有“红肥绿瘦”之句。“雅称嬉游去”是写很合适去春游。此处笔锋一转：“奈阻隔、寻芳伴侣”。诗人感叹奈何“寻芳伴侣”已被阻隔，言外之意，独自也无兴致去赏春了，这里和上阕“黯凝伫”的“黯”字，遥相呼应。

“秦楼风吹，楚馆云约，空怅望、在何处”，更进一层地写了自己的惆怅。在秦楼楚馆里的意中人，是他理想中的“寻芳伴侣”，但是佳人已不知“在何处”了，只有“空怅望”。“寂寞韶华暗度”点明了伤春伤别。

“可堪向晚，村落声声杜宇”，词人在这里以杜鹃鸟的悲啼结尾，渲染悲伤的气氛。以景结情，余味无穷。

全词语言韵味十足，成功地运用了乐景写哀的艺术手法，通过主与客、昔与今的矛盾，将词人内心的惆怅与寂寞表达得淋漓尽致，具有较高的艺术欣赏价值。

◎轶闻异物录

古代的歌妓

中国古代，“妓”原是指表演各种音乐、歌舞、俳戏、技艺以供人娱乐的女艺人。后来，随着宫廷歌舞表演艺术的民间化和普及化，许多赖此为生的女乐、歌伎、舞女等也从“女闾”“教坊”逐渐转移至“勾栏瓦肆”“秦楼楚馆”。

唐代歌妓按其归属可分为宫妓、官妓、家妓、市井妓。宋代的歌妓分官妓、家妓、市井妓。宋代一流的歌妓，不但“能文词，善谈吐，亦平衡人物，应对有度”，而且“丝竹管弦，艳歌妙舞，咸精其能”。

唐宋时期，许多政界名臣、文坛泰斗、诗人词家，既工于音律又擅长填词，正是他们的参与，使曲子词从通俗的“伶工词”演变到高雅的“文人词”。

驻马听·凤枕鸾帷[①]

凤枕鸾(luán)帷。二三载[②]，如鱼似水[③]相知。良天好景[④]，深怜多爱，无非[⑤]尽意依随。奈何伊，恣[⑥]性灵[⑦]、忒煞[⑧]些儿[⑨]。无事孜煎[⑩]，万回千度[⑪]，怎忍分离。

而今渐行渐远，渐觉虽悔难追[⑫]。漫[⑬]寄消寄息，终久奚为[⑭]。也拟重 (chóng) 论[⑮] (lún) 缱 (qiǎn) 绻[⑯] (quǎn)，争奈[⑰]翻覆思维[⑱]。纵再会，只恐恩情，难似当时。

◎注释

①凤枕鸾帷：指男女恩爱相处。凤枕，绣着凤凰的枕头。鸾帷，绣着鸾凤的帷帐。

②二三载：两三年。

③如鱼似水：比喻关系融洽、亲密。

④良天好景：即“良辰美景”，此处指夫妻恩爱的时光。

⑤无非：无一不是。

⑥恣：放纵。

⑦性灵：性情。

⑧忒煞：太甚。

⑨些儿：少许，一点点。

⑩孜煎：愁苦，忧烦。

⑪千度：千回，千遍，极言次数多。

⑫追：挽回。

⑬漫：徒然。

⑭奚为：何为，没有办法。

⑮重论：重新选择。

⑯ 缱绻：形容感情深厚，难舍难分。
⑰ 争奈：怎奈。
⑱ 思维：思考。

◎译文

夫妻恩爱相处，历经两三年，依然关系融洽、情谊深厚。良辰美景，给她深厚的情爱，顺依她的心意。奈何她过于放纵性情。无事之时便烦闷愁苦，反复思量，怎么也不忍心分离。

如今离她越来越远，虽然渐渐地感到后悔，却无法挽回。这样互传消息，终不是解决之道。也曾打算再续前缘，但是没办法，经反复思考，纵然和她再相会，只恐怕她对我的爱情，难以如当初那么完美了。

◎创作背景

因柳永词多写实，根据词中描写，说明柳永此词写于他结婚后三年远游期间。柳永的原配妻子在柳词中常常被提及，然而却因柳永与妓女关系密切，又性情执拗，因此与柳永出现了感情裂痕。这首词为柳永与其妻出现感情裂变后所写，具体创作年代待考证。

◎赏析

这首词真实的抒写了作者与妻子之间的感情变化，以及内心深处对妻子的爱恋，但也理性的分析了自己与妻子之间的感情隔阂已经形成，表达了一种心结易结不易解的无奈。

这首词采用线型的结构，按照情节的顺序从头写起，层次清晰。上阕是忆旧。“凤枕鸾帷”是写男主人公沉溺在对往日甜蜜爱情生活的回忆里。这段幸福的生活虽只有“二三载”，在整个人生旅程中是短暂的，却因两心相照，“如鱼似水”般的和谐而令人难忘。但他们的情感不是对等的，虽委曲求全，百般迁就，“无非尽意依随”。委曲求全的结果并未愈合、反而加深了他们情感的裂痕。

“良天好景，深怜多爱，无非尽意依随”，承上而来，写出了词人为留住这份恋情而小心尽意的情态。“良”“好”写出了相聚时光的美好；“深”“多”写出了自己对妻子的爱恋情深。

“奈何伊，恣性灵、忒煞些儿”，转而写女子的性情和骄纵，正因为词人的“尽意依随”，才使得妻子放纵恣肆，撒娇任性，有时简直无法忍受。接着“无事孜煎，万回千度，怎忍分离”这里重笔渲染相恋双方时时因琐事而生纠葛，但终因情意绵绵而又不忍分离。“怎忍”写出了词人依依不舍的情态，“分离”又为下阕写离别后相思之情做铺垫。这一串直言不讳的回忆，平中见奇，层次井然，章法分合有序，给人以曳生姿的美感。

下阕重在伤今。“而今渐行渐远，渐觉虽悔难追”，紧承上阕。“而今”将全词由忆旧转为伤今。“远”字加大了空间与情感的距离，三个“渐”字，以细腻的笔触极为准确地变现了词人渐行渐远，愈加难以抑制对所爱的相思之情；“虽悔难追”则写出了懊悔轻别而又已然分别的矛盾和无奈。这两句交代了词人此刻的处境、心情，含蕴深厚。根据这种情形，即使寄去消息，终究也是白费。分别的双方固然可以飞雁传书，但接下来词人却否定了这种做法。

“漫寄消寄息，终久奚为。”分别用了“漫”“奚为”等词，委婉地道出了唯有相聚方能解相思之苦。“消息”分用是一种修辞方法。

“也拟重论缱绻”一句直写出即使自己有意和妻子复合，已不再似前句那般委婉。“争奈翻覆思维”写词人反复思考。“争奈”表转折，“翻覆思维”为下文作铺垫，说明词人接下来的话并不是随后一说，而是经过深思熟虑的。

“纵再会，只恐恩情，难似当时”，表达了一个久经情患者对人情世故的清醒认识，乃是情感和哲理的巧妙结合。

柳永的这首词完全摆脱了即景传情和因物兴感的手法，而是采用直抒胸臆的方式来描写，多层次地揭示人物的思维过程，展示内心境界，写得直率明快、真情洋溢、深挚感人，具有很高的思想意义和艺术水准，是一首不可多得的言情佳作。

◎轶闻异物录

词牌驻马听

驻马，是使马停下不走。调名本意即咏停下马来以听叙说。唐代蒋吉《高溪有怀》诗："驻马高溪侧，旅人千里情。"

驻马听词牌的由来，南宋杨湜《古今词话》云："泸南营（在今云南姚安县境内）二十余寨，各有武臣主之。中有一知寨，本太学士人，为壮岁流落随军边防，因改右选，最善词。尝与泸南一妓相款，约寒食再会，知寨以是日求便相会。既而妓为有位者拉往踏青，其人终日待之不至。次日又逼于回期，然不敢轻背前约，遂留《驻马听》一曲以遗之而去。"

驻马听，调见北宋柳永《乐章集》。《乐章集》注"林钟商"，此调为《驻马听》本调，与《应天长》调之别名《驻马听》调不同。

集贤宾·小楼深巷[1]狂游遍

小楼深巷狂游遍，罗绮[2]成丛。就中[3]堪[4]人属意，最是虫虫[5]。有画难描雅态，无花可比芳容。几回饮散良宵[6]永，鸳衾（qīn）暖、凤枕香浓。算得人间天上，惟有两心同。

近来云雨忽西东。诮（qiào）恼[7]损情悰[8]（cóng）。纵然偷期暗会，长是匆匆。争似[9]和鸣[10]偕老，免教敛翠啼红[11]。眼前时、暂疏欢宴[12]，盟言在、更莫忡忡[13]（chōng）。待作真个宅院[14]，方信有初终[15]。

◎注释

①深巷：很长的巷道。

②罗绮：丝织品，此指衣着华贵的女子。

③就中：其中。

④堪：值得。

⑤虫虫：妓女名，又名虫娘。柳永曾在多首词中提及此名。她可能与柳永保持了相当长时间的爱情关系。

⑥良宵：深夜、长夜。

⑦诮恼：忧愁烦恼。

⑧情悰：情怀，情绪。

⑨争似：怎么比得上。

⑩和鸣：比喻夫妻和睦。

⑪敛翠啼红：皱眉流泪。敛翠：翠指翠眉。敛眉乃忧愁之状。啼红：红即红泪，指青年女子伤心时落下的泪。

⑫欢宴：欢聚。

⑬ 忡忡：忧虑不安的样子。

⑭ 宅院：指姬妾。

⑮ 初终：始终。

◎译文

游览过那些小楼深巷，衣着华贵的歌姬很多，其中最值得人注意的，是虫娘。绘画难以画出她的优雅神态，没有花儿能与她的美丽容貌相比。多少次酒宴后的良宵都是和虫娘度过，鸳鸯锦被温暖，绣凤的枕头带着香气。仿佛这天上人间，只存在我和虫娘的真情了。

近来突然间分离各自东西，忧愁烦恼没有好的情绪。纵然偷情幽会，总是匆匆忙忙。怎样才能恩爱和睦、相偕到老，以免每次相会都叫你敛眉啼哭、伤心忧愁。眼前只是暂时的疏远离别，有我们的山盟海誓在，更不必忧心忡忡。等到真的娶你为姬妾的那天，方才确信我们的爱情有始有终。

◎创作背景

柳永与青楼女子关系密切，但多是填词时润笔的关系，只有与个别女子如师师、香香、安安，尤其是虫虫，是才子和红颜知己的关系，以至于有收虫虫为妾的想法。柳永在外地写的思念红颜知己的词也大多是为虫虫而写。这首《集贤宾》词，写来有如以词代书，向虫虫辩白自己的真实情感，向她许下庄重的誓言，给她以安慰和希望。具体创作时间有待确认。

◎赏析

这是柳永困居东京汴梁时为青楼名妓虫娘所作的一首词，用以表白词人对虫娘的真挚情意，借以向虫娘许下庄重的诺言。

上阕回忆昔日与虫娘的恩爱时光。“小楼深巷狂游遍”几句写柳永在众多歌妓中只对虫娘一人情有独钟。“小楼深巷”即指平康坊曲之所，歌妓们聚居之地。北宋都城多有教坊妓馆，在这些坊曲之中身着罗绮、浓妆艳抹的歌妓甚众，但柳永却特别属意于虫虫即虫娘，因为她是一位温柔俊俏、色艺超群的多情女子。

“有画难描雅态，无花可比芳容”，写自然有比虫虫更为风流美貌的，而“雅态”是虫虫的特质。这种“雅态”，源于品格和志趣的高雅，全不象是风尘中的女子。柳永之所以爱慕虫虫正由于此。歌妓们虽然受制于娼家，失去了人身自由，但她们的情感是可以由自己支配的。柳永由于真正的同情和尊重她们，因而能获得其真情，相互知心。以往的日月里他们曾“几回饮散良宵永”，俩人幸福地相聚，“凤枕香浓”，“人间天上”似乎只存在他们的真情了。上阕追述俩人相爱的历史，情真意切。

下阕写他们的爱情出现了波折，柳永因此向虫娘许下娶她的承诺。开头以“近来”两字将词意的发展由过去转到现实，“云雨忽西东”写由于歌妓特殊的职业关系，他俩的爱情也失去了往日情调。从与虫虫“偷期暗会，长是匆匆”的情形来推测，柳永困居京都，已失去经济来源，不可能千金买笑而在歌舞场中挥霍了；因而与虫虫的聚会只能偷偷地进行，而且来去匆匆。由此使他希望与虫虫过一种鸾凤和鸣、白头偕老的正常夫妇生活,以结束相会时愁颜相对的难堪场面。虫虫在匆匆相会时“敛翠啼红”，暗示了他们爱情的不幸。面对此情形，词人提出了暂行办法和长远打算。暂行的办法是“眼前时、暂疏欢宴”，疏远一些，以避开各种外界压力。他劝慰虫虫不要忧心忡忡，相信他的山盟海誓。长远的打算是使虫虫能“作真个宅院”。只有到了那时，他们的爱情才算是有始有终。下阕恰当地表达了词人内心复杂的情感，达到了劝慰虫娘的目的。

整首词委婉曲折，真实地再现了柳永当时的心曲。从词中可以看出，柳永是抱着一腔真挚的感情，把一位封建社会底层中歌妓虫娘当成了自己真诚爱慕的对象。虫娘是在他落魄无聊的情形下与他相爱的，所以柳永决心一举成名后定来报答她的深情。

◎轶闻异物录

柳永与虫娘

有一个青楼女子，在许多柳永的词作里，柳永都称她为“虫娘”，或亲昵地称她为“虫虫”。

开始，柳永被虫虫“温润”的言谈举止和“香檀敲缓玉纤迟，画鼓声喧莲步紧。”(《木兰花·虫娘举措皆温润》)的美妙舞姿所打动，认为“小楼深巷狂游遍，罗绮成丛。就中堪人属意，最是虫虫。”(见《集贤宾·小楼深巷狂游遍》)。“但愿我，虫虫心下。把人看待，长似初相识”，从这首词中可见柳永当时对虫娘用情颇深。后来柳永离开京城游历四方，与虫虫分别时写下了千古绝唱《雨霖霖·寒蝉凄切》。

传说，多后年，柳永游历江南再次回京时，寻遍都门未见虫娘影。原来虫娘早已香消玉殒，只留得孤冢荒野，留下柳永无限追思。

送征衣[1]·过韶阳[2]

过韶阳，璇枢电绕[3]，华渚（zhǔ）虹流[4]，运[5]应千载会昌[6]。罄[7]（qìng）寰宇、荐[8]殊祥。吾皇。诞弥月[9]，瑶图[10]缵[11]（zuǎn）庆，玉叶[12]腾芳[13]。并景贶[14]（kuàng）、三灵[15]眷祐，挺英哲、掩[16]前王。遇年年、嘉节清和[17]，颁率土[18]称觞[19]。

无间[20]要荒[21]华夏，尽万里、走梯航[22]。彤庭[23]舜张大乐[24]，禹会群方[25]。鹓行[26]。望上国[27]，山呼[28]鳌[29]抃[30]（biàn），遥爇[31]（ruò）炉香。竟就日[32]、瞻云[33]献寿，指南山、等无疆。愿巍巍[34]、宝历[35]鸿基[36]，齐天地遥长。

◎注释

① 送征衣：词牌名。

② 过韶阳：刚过美好温暖的春天。韶：美好。阳：温暖，指春天。仁宗生于大中祥符三年（1010 年）四月十四日，此时已是初夏，因此说“过韶阳”。

③ 璇枢电绕：璇是北斗七星第二星，枢为第一星，此处代指北斗七星；电绕：电光环绕。电绕北斗星的异常天象是祥瑞的征兆，传说黄帝生时电光绕北斗。

④ 华渚虹流：华渚，古代传说中的地名；虹流，像流动的长虹。传说有星如虹，流于华渚，则少昊生。

⑤ 运：时运，国运。

⑥ 昌：昌盛、兴隆。

⑦ 罄：容器名，此处指尽。

⑧ 荐：进献。

⑨ 诞弥月：足月而生。

⑩ 瑶图：指天空上出现的美好图画。

⑪ 缵：继续。

⑫ 玉叶：此指皇室子孙。

⑬ 腾芳：散发出芬芳的香味，此指人才华横溢。

⑭ 景贶：即贶景，上天赐予的奇异美景。

⑮ 三灵：指天、地、人。

⑯ 掩：掩盖。

⑰ 清和：农历四月的别称。

⑱ 率土：普天之下的土地。

⑲ 称觞：举杯祝贺。

⑳ 无间：没有间隔，此处指亲密无间。

㉑ 要荒：边远荒僻之地。

㉒ 梯航：梯山航海，比喻长途跋涉，经历险远的旅程。

㉓ 彤庭：皇宫大殿，汉代皇宫的中庭都漆成红色，称彤庭，后泛指皇宫。

㉔ 舜张大乐：像舜时期那样举行盛大宴会。

㉕ 禹会群方：禹王会见各个地方的部落首领。

㉖ 鹓行：鹓，传说中与鸾凤同类的鸟，其飞行序列井然。鹓行，比喻朝臣上朝时序列井然的样子。

㉗ 上国：宋代时，宋朝的附属国的人把宋朝称为上国。

㉘ 山呼：旧时臣子对君主祝颂的礼节，指臣子向君主三叩头，每叩一头喊一声万岁，第三次叩头则喊万岁万万岁，称为山呼。

㉙ 鳌：传说中海里的大龟或大鳖。

㉚ 抃：鼓掌。

㉛ 爇：点燃。

㉜ 就日：古时人们把皇帝比作太阳，就日就是接近皇帝。

㉝ 瞻云：向上观，把宋仁宗比作高立于云端上的神。

㉞ 巍巍：高大的样子。

㉟ 宝历：指国祚，一个王朝维持的时间。

㊱ 鸿基：伟大的基业。

◎译文

刚过美好温暖的春天。电光环绕北斗，有星如虹流于华渚，预示国运昌盛。进献全天下不同寻常的祥瑞。怀胎十月产期满，我皇诞生,天空上出现的美好图画继续出现。皇室子孙人才济济，五色云气升腾。并赐予祥瑞的天、地、人之灵眷顾保佑,秀挺英哲，足以掩盖前王。年年遇逢四月清和嘉节，赏赐全国举杯祝酒。

不论属国中原，都不远万里梯山航海而来。朝廷内奏起象征教平音和、君圣臣贤的舜之“韶”乐，像大禹一样全聚各路诸侯。朝班如鹓鹭井然有序。附属国仰望宗主国，山也呼唤，鳌也鼓舞，遥燃香炉。我皇犹如尧帝，其仁如天，其知如神。就之如日，望之如云。仰望祝寿：祝我皇寿比南山，万寿无疆。愿崇高的皇位和帝王基业，与天地同长久!

◎创作背景

这首词与柳永所作另一首词《永遇乐·熏风解愠》均是为仁宗祝寿词，应写于宋仁宗庆历元年到二年（1041 年—1042 年）柳永在京为官期间。柳永在汴京只有两年，写了两首祝寿词，也就是说每年写一首。

◎赏析

这是柳永为宋仁宗祝寿而作的一首词，词人引经据典，搜尽《诗经》《史记》《汉书》《宋书》等书中溢美之词，并将仁宗的诞生与黄帝轩辕氏、颛顼高阳氏的诞生等而视之，极尽颂扬之能事，可以说是柳永作品中的另类作品。

上阕前五句赞颂仁宗应瑞而生。这里多用典故，分别以古圣王黄帝、少昊、后稷比附当朝天子宋仁宗，赞颂仁宗的诞生使得皇图有继，普天同庆。“并景贶、三灵眷祐，挺英哲、掩前王”，意思又进一层，称颂天帝格外赐福，使当今皇上得到天、地、人三界神灵的佑助，英明圣哲，超越了前代的君王。最后以皇帝颁布诏书令举国同庆乾元节，结束上阕。

下阕紧承上阕内容，铺陈政通人和，朝野同庆，为仁宗祝寿的场面。开始三句写使臣无论远近，皆航海越山而来。“彤庭舜张大乐，禹会群方”，两句写朝廷款待使者。“鹓行。望上国，山呼鳌抃，遥爇炉香”，写使臣为仁宗祝寿。“竟就日、瞻云献寿，指南山、等无疆”写臣下祝寿。“愿巍巍、宝历鸿基，齐天地遥长”，祝仁宗万寿无疆，结束全篇。

这首词在写法上多用典故，写得雍容华贵，典雅堂皇，极尽铺陈之能事，用词造句等都显出了很高的艺术造诣。

柳永是在仁宗亲政第一年（宋仁宗明道二年 1033 年）及第的，当时柳永已经五十岁了，而且是屡试不第之后，在仁宗开恩照顾之下才及第的，所以，对自己受仁宗的惠泽一直铭记于心，因此，在给仁宗皇帝写祝寿词献时，用最美的祝词来写，是在情理之中的。

◎轶闻异物录

宋仁宗

宋仁宗赵祯（1010 年 5 月 12 日—1063 年 4 月 30 日），初名赵受益，宋朝第四位皇帝（1022 年 3 月 23 日—1063 年 4 月 30 日在位），宋真宗赵恒第六子，母为李宸妃。早年历封庆国公、寿春郡王、升王，官中书令。宋真宗天禧二年（1018 年），被立为皇太子，赐名赵祯。乾兴元年（1022 年）即位，时年十三岁。他在位初期，由章献明肃皇后刘氏垂帘听政，至宋仁宗明道二年（1033 年）始亲政。

赵祯性情宽厚，不事奢华，还能够约束自己，对下属宽厚以待，让百姓休养生息，因此受到后世的称赞。他知人善用，因而在位时期名臣辈出，国家安定太平，经济繁荣，科学技术和文化得到了很大的发展。赵祯在位期间，宋朝“四海雍熙、八荒平静，士农乐业、文武忠良”。《宋史》赞曰:“《传》曰:‘为人君，止于仁。’帝诚无愧焉。”史家将赵祯在位及亲政治理国家的时期概括为“仁宗盛治”。他善书法，尤擅飞白书。有《御制集》一百卷。《全宋诗》录有其诗。

古倾杯·冻水[1]消痕[2]

冻水消痕，晓风[3]生暖[4]，春满东郊道。迟迟[5]淑景[6]，烟和露润，偏绕长堤芳草。断鸿[7]隐隐归飞，江天杳杳。遥山变色，妆眉淡扫[8]。目极千里[9]，闲倚危樯[10]迥眺[11]。

动几许、伤春怀抱。念何处、韶阳[12]偏早。想帝里[13]看看，名园芳树，烂漫[14]莺花好。追思往昔年少。继日恁[15]、把酒听歌，量金[16]买笑[17]。别后暗负，光阴多少。

◎注释

①冻水：冰雪。

②消痕：这里是融化的意思。

③晓风：清晨破晓时的清风。

④生暖：让人感到温暖。

⑤迟迟：舒和的样子。

⑥淑景：日影，这里指春天的阳光。景，通“影”。

⑦断鸿：失群的孤雁。

⑧遥山变色，妆眉淡扫：意思是远山换上青色，就像女子淡描的黛眉。

⑨目极千里：纵目千里。

⑩危樯：高耸的桅杆。

⑪迥眺：远望。

⑫韶阳：春光。

⑬帝里：帝京，指北宋京城汴京（今河南开封）。

⑭烂漫：颜色鲜明而美丽。

⑮继日恁：天天如此。

⑯ 量金：用量器计量黄金，喻不惜重价。

⑰ 买笑：指狎妓。

◎译文

冰雪已经融化，清晨时的清风已有了暖意，东郊道路两旁满眼春光。阳光温暖，轻烟袅袅，露水湿润。尽染长长堤岸上那无边的芳草。失群的孤雁忧戚地往回飞去，天空杳杳幽远。远处的山峰已变成翠绿之色。纵目千里，闲暇时我倚靠着高耸的桅杆远眺。

我的伤春之情又被引动。想着什么地方的春天来的最早。想着京城里，此时应是园林景美，树木繁茂，莺舞花艳，景色怡人。追忆往日青春年少的美好时光，有过多少次的连日饮酒听歌。千金买笑啊。离别之后才发现，在不知不觉中辜负了多少美好岁月啊！

◎创作背景

根据词中“冻水消痕”,说明此词作于冬春之交。而词中景物如“长堤芳草”，比较符合江南风景，说明此词是柳永游历江南时所作，具体创作年代待考证。

◎赏析

这是一首羁旅伤春之作，柳永的词惯写羁旅愁情，但多各具面目，并不给人以重复雷同之感。

上阕极写春天到来的一片阳和之景。

“冻水消痕，晓风生暖”，四字骈偶句写出早春典型景物：冰雪融消，晨风送暖。“春满东郊道”写由水而风而郊野长道，水陆上下遍布浓浓香气。“消”“生”“满”三个动词显现了变化的动态。

“迟迟淑景，烟和露润”，概写春阳的和暖、烟岚的和润，

渲染了早春的气氛。“偏绕长堤芳草”,描写一线长堤,芳草染绿。“偏绕”表现长堤春草正承受着春阳与烟露的恩泽，万物与造物者融洽为一体。

“断鸿隐隐归飞，江天杳杳”，写词人的眼界从远远的长堤提升至广袤的天空。鸿雁北归是一个典型的早春之景，天边时隐时现的一点归飞鸿雁的身影，更衬出江天的悠远无尽。

“遥山变色，妆眉淡扫”，这是自远天而至远山，以拟人笔法写早春刚刚染上新绿的远山如美女“淡扫”的“妆眉”，极尽闲雅秀逸之态。

“目极千里,闲倚危樯迥眺”,说明以上所写的早春阳和之景,是他“闲倚危樯”“目极千里”“迥眺”所看到的。

春景如此秀美诱人，词人却无意来游，此中必有缘故。景中所绘“断鸿”这一意象隐隐透露了一点信息。北归的大雁总是排成整齐的雁阵，而词人却偏偏选择一只失群的孤雁，这孤雁为下阕所抒情感埋设了一个伏线。

下阕抒发词人的羁旅愁情。

“动几许、伤春怀抱。”由“动”字领起，承上启下引出此词的“词眼”——“伤春怀抱”，与上阕的“断鸿”意象幽隐地暗暗相连，“断鸿”正是词人自身形象的喻托。

以下由“念”“想”“追思”引出词人的“伤春怀抱”，逐层铺叙。词人所“念”的是“何处、韶阳偏早”。“何处”即此处，却化实为虚，是游子他乡情感的流溢。“韶阳”本是美好的艳阳春色,词人却偏偏怪它来得这样早,正是由于游子伤春之情使然。词人所“想”念的是“帝里”的“名园芳树，烂漫莺花好”。这里帝都的春日胜景用墨虽不多，但绚丽多姿，繁华热烈，对比眼前的素雅春色，自是别有一番诱人的风光，它强烈地吸引着沉迷市井生活的柳永。

词人所“追思”者乃是“往昔年少”的放浪生活。他由帝都的繁华而追思起年少时的欢乐,那时是夜以继日地“把酒”“听歌”“买笑”，挥金如土，对比今日的“断雁”情状，自然“别是一番滋味在心头”了。“把酒听歌”“量金买笑”与开篇的一组骈偶句遥相照应，依旧显现着铺排的效果。

经过“想”“念”“追思”这三层铺叙之后，终于逼出了煞拍之“别后暗负，光阴多少”。这种嗟叹岁月的流逝，为辜负了青春年华而暗暗心伤。此时此刻，词人内心的失落、痛楚早已盖过了眼前的一片春色。

这首词以美景引愁情，以往昔的热烈反衬眼前的冷寂，在抒情上又以上阕深幽的蕴蓄与下阕痛快的倾吐形成鲜明比照，整首词极富艺术魅力。

◎轶闻异物录

屈原《九章》

《九章》包括九篇作品,依王逸《楚辞章句》的次序是:《惜诵》《涉江》《哀郢》《抽思》《怀沙》《思美人》《惜往日》《橘颂》《悲回风》。

《惜诵》表现了诗人在政治上遭受打击后的愤懑心情,内容略与《离骚》前半篇相似。《涉江》是自叙放逐江南的行迹，反映了诗人高洁的情操与黑暗混浊的现实生活的矛盾。《哀郢》抒写了诗人对国破家亡的哀思及对人民苦难的同情。《抽思》大概作于屈原被疏于汉北之时，抒发了诗人见疏于怀王之后的怫郁幽怨之情。《怀沙》为屈原自沉之前不久所作，其中着重叙写了诗人正道直行、不随世浮沉的节操以及准备以死来殉理想、殉信仰的决心。《思美人》反映了诗人思念其君而不能自达,但又不愿变心从俗的心情。《惜往日》有人认为是屈原的绝命词、概叙了诗人一生的政治遭遇，为因谗人破坏和国君昏庸使自己的理想不能实现而深感痛惜，也表示了必死的决心。《橘颂》一般认为是屈原早期的作品，通篇就橘的形象和特征作出拟人化的描写，可以看成是作者人格和个性的缩影。《悲回风》则流露了一种低徊缠绵的忧苦之情。

《九章》各篇的艺术风格和成就不一。其中《橘颂》一篇清新秀拔，别具一格，从辞赋的体裁上说，开了体物写志的先河。《哀郢》《涉江》《怀沙》三篇情景交融，诗味腴厚，在《楚辞》中允称上品。其写景之句，恳挚缠绵，颇有回肠荡气之致。至于《惜往日》《悲回风》二篇，艺术上较他篇略为逊色。

倾杯乐·禁漏[1]花深[2]

禁漏花深，绣工日永[3]，蕙风布暖[4]。变韶景[5]、都门十二，元宵三五[6]，银蟾（chán）光满[7]。连云复道凌飞观。耸皇居丽，嘉气瑞烟葱蒨[8]。翠华[9]宵幸，是处层城阆（làng）苑[10]（yuàn）。

忭[11]龙凤烛、交光星汉。对咫尺鳌山[12]开羽扇[13]。会乐府两籍神仙，梨园四部[14]弦管。向晓色、都人未散。盈万井、山呼鳌（áo）抃[15]（biàn）。愿岁岁，天仗里、常瞻凤辇。

◎注释

①禁漏：皇宫里用以计时的计时器。

②花深：花草长高了。

③绣工日永：景色美丽，白日变长。绣工，这里指太阳，喻太阳就像是一个刺绣工人一样，不断在大地上绣出各种美丽的图案。日永，指白昼一天比一天长。

④蕙风布暖：蕙风，带有蕙花香气的风；布暖，把温暖散布在人间。

⑤韶景：春天的景色。

⑥元宵三五：正月十五元宵节。

⑦银蟾光满：银蟾，月亮的别称。光满，月圆。

⑧葱蒨：草木青翠茂盛。

⑨翠华：天子仪仗中以翠羽作饰的旗帜或车盖。此处代指天子。

⑩阆苑：传说中的神仙住所。

⑪忭：欢喜、快乐。

⑫鳌山：饰以彩灯的假山。

⑬羽扇：皇帝仪仗用具之一。

⑭四部：指四部乐工，即龟兹、大鼓、胡、军乐。此统指所有的

管弦乐。

⑮鳌抃：形容欢欣鼓舞。抃，古汉字，意思是鼓掌。

◎译文

时光流逝，花草已经长高了，春风把温暖散布人间。白昼越来越长，太阳就像个刺绣工人不断在大地上绣出各种图画。正月十五元宵节，整个都城节日气氛浓厚。月亮十分圆，很高的阁楼之间的通道几乎和云层相连，皇宫壮丽恢弘，嘉气瑞烟缭绕在花草树木之间。元宵佳节，皇帝出来和大家一起观灯赏月，临幸到了皇城有如神仙所居住的花园之中。

那有龙凤纹样的蜡烛好像也是欢快的，与天上的月色交相辉映。在临近那用彩灯装饰的假山之处，打开皇帝仪仗。会见由乐府管理的民、官两籍乐妓及梨园四部。天快亮了人们还没散去，街道都塞满了人，都向圣上高呼万岁。希望年年都能看到圣上的仪仗。

◎创作背景

宋真宗大中祥符元年（1008年）正月元宵节，柳永在汴京，作《倾杯乐》描写真宗与民同乐情景。

◎赏析

这首词是描写北宋京城汴梁元宵之夜，皇帝与民同乐的热闹景象，全面展示了北宋人民的生活基调。

上阕重在渲染上元节的节日气氛。

“禁漏花深，绣工日永，蕙风布暖”，扣住了早春的季节特征，表现了自然界冬去春来节序的更替，描绘了天长昼永、花开草绿、和风送暖的新春气象，也使整首词笼罩在明媚和煦的氛围中。

“变韶景、都门十二，元宵三五，银蟾光满”，描写元宵节，春意盎然的京城皓月当空，皎洁生辉。

“连云复道凌飞观”，描写了京都建筑的雄伟壮丽。重重复道高耸入云，座座楼观凌空如飞。这些都是写实的笔墨，优美而有气势。

“嘉气瑞烟葱蒨”将“连云”的“复道”、凌空的“飞观”、壮丽高峻的“皇居”都笼罩在一片祥云瑞雾中，这不仅给实实在在的建筑物平添了几分朦胧缥缈的美感，更突出了一种吉庆祥和的气氛。至此，上阕终于在层层的渲染后托出了最后的两句“翠华宵幸，是处层城阆苑”——天子驾临，与民同乐。

下阕主要描写皇帝驾临后，元夕灯会的热闹场面：“龙凤烛”发出的光亮和天空的星光、月光交相辉映；高耸的鳌山旁，舞者手执羽扇，翩翩起舞，两籍乐府及梨园子弟与观灯的百姓一起狂欢，人声鼎沸，箫鼓喧天，直到天已破晓，人们都还没有散去。街道上人挤得满满的，人们都向天子高呼万岁，希望年年见到皇帝的仪仗，目睹天子的风采。

这首词通过绘声绘色的描写，使词意充满了盛世情调，虽有以词谀世之嫌，但也真实地再现了东京汴梁元宵之夜的热闹景象，展现了北宋前期物阜民康的社会生活风貌。

◎轶闻异物录

梨园

梨园，原是唐代都城长安的皇家禁苑，因唐玄宗（唐明皇）李隆基“既知音律，又酷爱法曲，选坐部伎子弟三百，教于梨园”号“皇帝梨园子弟”，后遂称戏班为梨园，称戏曲演员为“梨园子弟”。

唐代梨园子弟分为坐部、立部、小部和男部、女部。坐部一般是优秀演员：乐工坐在堂上演奏，舞者大抵为三至十二人，舞姿文雅，用丝竹细乐伴奏；立部是一般演员，乐工立在堂下演奏，舞者六十人至八十人不等，舞姿雄壮威武，伴奏的乐器有鼓和锣（即金钲）等，音量宏大；小部为儿童演出队。此外，还设有舞部，又分为文舞和健舞。梨园可以说是我国历史上第一座集音乐、舞蹈、戏曲的综合性“艺术学院”。

倾杯乐·皓月[①]初圆[②]

皓月初圆，暮云飘散，分明夜色如晴昼。渐消尽，醺醺残酒[③]。危阁迥[④]、凉生襟袖[⑤]。追旧事[⑥]、一饷[⑦]凭阑久[⑧]。如何媚容艳态[⑨]，抵死孤欢偶[⑩]。朝思暮想[⑪]，自家空恁添清瘦[⑫]。

算到头[⑬]、谁与伸剖[⑭]。向道[⑮]我别来，为伊牵系[⑯]，度岁经年[⑰]，偷眼觑[⑱]（qù）、也不忍觑花柳[⑲]。可惜恁、好景良宵，未曾略展双眉暂开口[⑳]。问甚时与你，深怜痛惜[㉑]还依旧。

◎注释

①皓月：明亮的月亮。

②初圆：刚刚由缺变圆。

③渐消尽，醺醺残酒：晚饭时所喝的酒到了此时酒劲儿已经渐渐地消退了。醺醺：酒醉的样子。

④危阁迥：登上高阁远望。迥：远。此处指看得远。

⑤凉生襟袖：凉风由衣襟袖管处钻进身体，使人感到凉意。从此句看来，作者所写当是八月中秋夜，秋夜的凉意袭体生寒。

⑥追旧事：追忆以前的事。

⑦一饷：一顿饭的时间，指在很短时间内所发生的事。

⑧凭阑久：手扶栏杆想得很久。

⑨媚容艳态：妩媚的容貌和娇艳的体态。

⑩抵死孤欢偶：偏偏是孤独一人。抵死：到死。孤欢偶：缺少伴侣。

⑪朝思暮想：无时不在思念。

⑫自家空恁添清瘦：自己白白地这样消瘦下去。恁：这样。

⑬算到头：从头往后细细地回想。

⑭谁与伸剖：谁能给我剖析。伸剖：剖析。

⑮ 向道：分别时承诺。向：往昔，指游人与此妓别离的时候。

⑯ 为伊牵系：因为牵挂着你。

⑰ 度岁经年：以一年的时间为期。

⑱ 偷眼觑：偷着看。觑：看，偷看，窥探。

⑲ 觑花柳：看妓女。花柳：指妓女。

⑳ 暂开口：第一次开口。

㉑ 深怜痛惜：深切地相怜相惜。

◎译文

月亮刚刚变圆，傍晚的云彩已渐渐消失，虽是夜晚却亮似晴朗的白日。晚饭时所喝的酒到了此时酒劲儿已经渐渐地消退了。登上高阁远望，凉风从衣襟袖管处钻进身体。手扶栏杆，回忆往事，一件小事也会想得很久。为什么我有妩媚的容貌和娇艳的体态，却偏偏孤身一人？如此朝思暮想，任凭自己就这样白白消瘦下去。

从头往后细细地回想，谁能帮助我剖析呢？分别时你说还会再回来，因为你的心牵挂着我，就以一年时间为期限，即使今后偷眼看别人，也绝不忍心觑觎花柳女子。可惜白白辜负了这良辰美景，我未曾舒展过眉头、开口说过话。什么时候才能够与你像往常一样相亲相爱？

◎创作背景

根据这首词的内容，应该是柳永因想念恋人而创作的，而柳永此类作品都是写于游历江淮期间，此词应该也是作于这个时候，但具体创作年代待考证。

◎赏析

这首词是一首描写青楼妓女情感的代表作，通过对女主人公的月下内心独白的细致刻画，有层次地展现了一位风尘女子对自己恋人刻骨铭心的相思，细腻逼真，旖旎情切。

上阕写女主人公月夜的相思。词以描写月色开篇："皓月初圆，暮云飘散，分明夜色如晴昼"，明月初生，暮云散去，月光皎洁使夜晚如同白天一样。这样的景色描写，透着袭人的清寒气，虽寥寥数语，却写是情景交融，为全词营造了一种浓郁的抒情氛围。天上"皓月初圆"暗喻团圆，反衬下面所写的女主人公内心的孤独。

"渐消尽，醺醺残酒"，委婉地写出了女主人公难以忍受离别的痛苦，却没直接写借酒浇愁，而是写酒后的难过。

"危阁迥、凉生襟袖"，写女主人公登上高楼痴痴地看着远方。

"追旧事、一饷凭阑久"，转笔以白描的方式写她的月下之思。"一饷"和"久"两个看似矛盾的词，正表现了她对往事长久的萦念和对感情的执著。至此，词人并没有沿着这一思路走下去，而是用反诘句"如何媚容艳态，抵死孤欢偶"？进一步的表达了她对爱情的忠贞。"媚容艳态"是形容自己容貌美丽，冠以"如何"以反诘的语气，说明她的美貌尽可以赢得其他追求者的爱慕，她也尽可以与别人相依相伴，但她却偏偏选择了孤独，任凭自己朝思暮想，因思念之切而日渐消瘦。大有"曾经沧海难为水，除却巫山不是云"之感。

下阕承接着上阕的愁绪而来，继续集中笔力刻画女主人的离愁别绪，展现她丰富的内心世界。

"算到头、谁与伸剖"，将上下阕感情的发展联系在一起。她朝思暮想，以致于自己"空恁添清瘦"，到头来能向谁诉说呢？接下来，词作扣住"伸剖"，通过女主人公的三段内心独白，抒写她的无限深情。

"为伊牵系，度岁经年，偷眼觑、也不忍觑花柳"，描写她在分别后的漫长岁月中，一直忍受着相思的煎熬。

“可惜恁、好景良宵，未曾略展双眉暂开口”，因为愁肠百结，她从未略微地舒眉展头，良辰美景都没心思看一眼！“可惜恁”表叹惋语气，更深一层地表现了她的用情之深、思念之苦，正是：“此去经年，应是良辰好景虚设。便纵有千种风情，更与何人说？”（柳永《雨霖铃》）

“问甚时与你，深怜痛惜还依旧”，是来自她心灵深处的呼唤，带着渴望，带着期待，也带着几许迷惘和感伤，表现了女主人公对爱情的执著追求。

下阕虽然是简单陈述“相思”之情，却能一层层铺叙递进，将人物心理的各个层面都淋漓精致地展现出来，可谓缠绵悱恻，凄楚动人。

柳永的词在描写青楼女子的心理活动和内心情感方面，可谓无人能及。这首词从几个方面细致描写了歌伎细腻的内心活动，笔法婉曲多变，言近意远，并使用了许多当时的口语，而以俚语俗语描写下层市民的生活面貌，正是柳永对词的发展做出的巨大贡献。

◎轶闻异物录

词牌·倾杯乐

倾杯乐，词牌名，又名“倾杯”“古倾杯”。最早属唐代教坊曲名，后用作词调名。《乐府杂录》云：“《倾杯乐》，宣宗喜吹芦管，自制此曲。”见《宋史·乐志》者二十七宫调，柳永《乐章集》注“宫调七”。

“倾杯”为进酒之动作，此曲或源于舞席间所歌劝酒之词。北周时已有六言之《倾杯曲》，《隋书·音乐志》载：牛弘改周乐之声，“献奠登歌六言，象《倾杯曲》”。至唐初形成大曲，用龟兹乐，如许敬宗《上恩光曲歌词启》所云：“窃寻乐府雅歌，多皆不用六言，近代有《三台》《倾杯乐》等艳曲之例，始用六言。”太宗曾诏命长孙无忌等制词。玄宗曾用以配合马舞，有数十曲之多。近现代著名学者冒广生的《倾杯考》认为张说《舞马词》六首，皆六言，即用玄宗时之《倾杯乐》曲调。可见此曲之齐言体唐代颇为盛行。唐南卓《羯鼓录》载《倾杯乐》，属太簇商。南朝陈后主《临高台》述宴乐情形："隔窗已响吹，极眺且倾杯。"

征部乐·雅欢幽会[①]

雅欢幽会，良辰[②]可惜虚抛掷[③]。每追念、狂踪旧迹[④]。长只恁[⑤](nèn)、愁闷朝夕。凭谁去、花衢[⑥](qú)觅。细说此中端的[⑦]。道向[⑧]我、转觉厌厌[⑨]，役梦劳魂[⑩]苦相忆。

须知最有，风前月下[⑪]，心事始终难得[⑫]。但愿我、虫虫[⑬]心下，把人看待，长似初相识。况渐逢春色。便是有，举场[⑭]消息。待这回、好好怜[⑮]伊，更[⑯]不轻离拆。

◎注释

① 雅欢幽会：指男女因相爱而私自约会。

② 良辰：指欢会的时候。

③ 虚抛掷：白白地被浪费。

④ 狂踪旧迹：指过去浪荡放纵的生活。

⑤ 只恁：只是这样。

⑥ 花衢：即花街，指妓院。

⑦ 端的：始末；底细。

⑧ 向：怎奈，怎向。

⑨ 厌厌：疲倦，精神不振。

⑩ 役梦劳魂：即“魂牵梦绕”。

⑪ 风前月下：良辰美景。

⑫ 心事始终难得：此句省略主语，意思是你的心事我始终摸不明白。

⑬ 虫虫：妓女名，又名虫娘。柳永曾在多首词中提及此名，她可能与柳永保持了相当长时间的爱情关系。

⑭ 举场：科举考试京试的考场。

⑮怜：爱。

⑯更：再。

◎译文

过去我们经常私自幽会，怎奈良辰美景都被白白浪费！每当追忆过去的放荡不羁，只是朝夕忧虑烦闷。谁能去花街柳巷找到她，详细地将我的心事告知。让她知道，我因为对她魂牵梦绕、苦苦想念，渐渐觉得精神萎靡不振。

虽有良辰美景，我却无法猜透你的心事。只愿虫虫姑娘将客人像初次相见的人那样看待，不要陷得太深。况且正逢春天。要是有京试考场消息，即刻返回，这次我将好好的爱你，更不轻易分开了。

◎创作背景

宋真宗祥符八年(1015 年)，柳永在汴京应试第二次落第，又与相好的歌女虫娘的关系出现了裂痕，因此写下了这首《征部乐》词。

◎赏析

这首词通过描写词人对虫娘的真挚感情，表达了词人对虫娘的深深思恋，也表达了对其真挚而专一爱情的期待。

上阕抒写了自己羁旅漂泊的辛酸和对虫虫深深的思念。柳永为了自己的前程不得不离开心爱之人，心情很悲伤的，所以词作一上来就慨叹："雅欢幽会"不再有了，多少美好的时光都在羁旅漂泊中"虚抛掷"了。

"愁闷朝夕"写追悔之情，说自己自从和虫虫分别之后从早到晚都是愁满心头。

"凭谁去、花衢觅。细说此中端的。道向我、转觉厌厌，役梦劳魂苦相忆"，直抒情意，希望有人能替自己向虫虫讲述分别之后的相思之情。但就是这托人传信的愿望也难以实现，所以词中说“凭谁去”。其中的悲哀与无奈令人心折。

下阕是柳永对所爱之人虫虫的婉转告白。“须知最有，风前月下，心事始终难得”，说虫虫的心思难以理解，希望虫虫珍惜两人之间那份难得的感情。

“但愿我、虫虫心下，把人看待，长似初相识”，则是希望虫虫不要再结交他人，而忘了自己，用语含蓄婉转。“把人看待，长似初相识”是希望虫虫不要与别人有过深的交往，就像对初相识的人应付下就可以了。

“况渐逢春色。便是有，举场消息”，是对虫虫的安慰和劝勉：春闱就要开了，我一定会科场夺魁。

“待这回、好好怜伊，更不轻离折”，柳永郑重的承诺和着万般柔情一起喷薄而出了！

这首词言辞真切，情感真挚，但字里行间却写满了悲哀与无奈，构成了柳永歌妓情词的主旋律，和其艺术特色。

◎轶闻异物录

科举小史

科举，是中国古代朝廷通过分科考试选拔官吏的制度。

西周时期，大夫以上的爵位和官职是世袭的，大夫以下的低级职务才是挑选士来担任的。战国时期人才的来源有推荐、自荐等不同的途径。汉朝提拔民间人才采用的是察举制与征辟制，前者是由各级地方推荐德才兼备的人才。由州推举的称为秀才，由郡推举的称为孝廉。

魏文帝时，陈群创立九品中正，由特定官员按出身、品德等来考核民间人才，分为九品录用。晋、六朝时沿用此制。但是，魏晋时代，士族势力强大，常影响中正官考核人才，造成“上品无寒门、下品无士族”

的现象。为改变此弊端，隋文帝即位以后，废除九品中正制，隋炀帝创设进士科，按考试成绩选拔人才，从此，科举制度正式诞生。

唐代继承完善了科举，考试的科目分常科和制科两类。每年分期举行的称常科，由皇帝下诏临时举行的考试称制科。常设的科目有秀才、明经、进士、俊士、明法、明字、明算等人五十多种。后来，以明经、进士两科为唐代常科的主要科目。

宋代对科举制度作了不少重要的改革。宋哲宗时，将进士分为经义、诗赋两科，分别举行考试，经义进士以经义定取舍，诗赋进士以诗赋定去留。常科考试分为州府试、礼部试、殿试三级。

明朝科举考试形成了完备的制度：院试（即童生试）、乡试、会试和殿试，考试内容基本以“四书五经”为准，以“四书”文句为题，规定文章格式为八股文，解释必须参照朱熹《四书集注》。

自隋炀帝大业元年（605 年）创设进士科，到清光绪三十一年（1905 年）废除科举兴办学堂，科举制在中国历史上整整存在一千三百年之久。为广大有志青年提供了施展才华的平台，选拔的人才都是通过苦读儒家教义而来，因此都具备了较高的素质。这些人才为我国古代教育的发展，为国家安定统一作出了巨大贡献。

柳初新·东郊[1]向晓星杓（biāo）[2]亚[3]

东郊向晓星杓亚。报帝里[4]、春来也。柳抬烟眼[5]，花匀[6]露脸，渐岘[7](xiàn)绿娇红姹。妆点层台芳榭[8](xiè)。运神功[9]、丹青无价[10]。

别有[11]尧阶[12]试[13]罢。新郎君[14]、成行[15]如画[16]。杏园[17]风细，桃花[18]浪暖[19]，竞喜[20]羽迁[21]鳞化[22]。遍九陌[23]、相将游冶[24](yě)。骤[25]香尘、宝鞍骄马[26]。

◎注释

① 东郊：京城东面的郊野。

② 星杓：指北斗星似杓柄的由玉衡、开阳、摇光三星所组成的那部分。

③ 亚：相对“冠”而言，指北斗星形似杓柄的三星居于其他四星下，其他四星是冠，此三星是亚。北斗星的此种排列形状是初春天将破晓时的排列形状。

④ 帝里：京城。

⑤ 烟眼：烟雾笼罩着柳树刚吐出的鹅黄色嫩芽。眼，指柳树发芽处的芽眼。

⑥ 花匀：本指女子往脸上均匀地搽抹胭脂，此处指花朵如女人匀脸一样。

⑦ 岘：小而高的山岭。

⑧ 层台芳榭：高大而美丽的台榭。层台：高台。榭：建筑在高台上类似凉亭的敞屋。

⑨ 运神功：运用神奇的功力。神功：即“神工”，指大自然的创造力。

⑩ 丹青无价：指大自然创造出春天这幅无价的美丽图画。

⑪ 别有：除此之外还有。

⑫ 尧阶：尧本为中国古代最受人民爱戴的皇帝的名字，此处指代当时的宋代皇帝，尧阶即指宋代皇宫里朝堂的台阶。

⑬ 试：殿试，科举制度中最高一级的考试，在皇宫内大殿上举行，由皇帝亲自主持。

⑭ 新郎君：新考中的进士，唐宋时称新考中进士的人为新郎君。

⑮ 成行：指排列整齐。

⑯ 如画：人物俊美犹如画中人。

⑰ 杏园：本为唐朝的御用园林的名称，其故址在今西安市郊大雁塔南，是新进士宴游的地方，因而后世常以杏园游宴喻进士及第，此处以杏园指代宋朝的御用园林琼林苑。

⑱ 桃花：指琼林苑内的桃花。

⑲ 浪暖：微风吹动桃枝，因桃枝的颤动，桃花就犹如波浪一样上下翻动，又因桃花为粉红色，属暖色，因此称浪暖。

⑳ 竞喜：指杏园内的微风和桃浪都很高兴欢喜，是拟人写法。

㉑ 羽迁：本指人修道成仙飞升，此指新进士由平民百姓而成为有功名的人。

㉒ 鳞化：本指鱼跃龙门而成龙，此也指新进士由平民百姓一跃而成有功名的人。

㉓ 九陌：汉长安街中有八街九陌，后来便用九陌指京城大道。

㉔ 游冶：出游寻乐。

㉕ 骤：马奔驰。

㉖ 宝鞍骄马：指装饰豪华的骏马。

◎译文

京城东郊，天将破晓时出现了显眼的北斗七星，它好像在报告京城里春天的到来。柳树已经长出了新芽，花朵好像匀妆后的美人脸庞，山岭上草木嫩绿、花朵艳丽。高大的台榭被装点得分外美丽迷人。大自然的鬼斧神功，创造了如图画般绚烂多彩、充满生机的美好季节。

殿试已经结束，新科进士们整齐地列队，俊美犹如画中人。御花园里微风习习，桃枝上下颤动，新科进士们如鲤鱼跃入龙门一步登天。新科进士游完了御花园又结伴游览京城。他们骑马飞驰，京城街区为之尘土飞扬。

◎创作背景

宋仁宗景佑元年（1034 年），柳永和他兄长柳三接皆考中进士，登第后，满怀喜悦地写下了这首《柳初新》。

◎赏析

这首词作为新进士的游宴之词，抒发了词人的欣喜之情。

上阕写京城内外初春的美好景色。“东郊向晓星杓亚”写北斗星星柄低垂，是初春时的星象。“报帝里、春来也”使得这一自然现象仿佛有了生命，它在告诉京城中的人们：春天来了。语气词“也”用得十分精到，洋溢着掩饰不住的喜气。

“柳抬烟眼，花匀露脸，渐觇绿娇红姹”，抓住了富有季节特征的春柳和春花，描绘京城初春的美丽。“柳抬烟眼”“花匀露脸”犹如一组特写镜头，极逼真地描绘出了一幅初春晨景图，美得令人心醉。“渐”写时间的推移，也写景物的变化。“绿娇红姹”“妆点层台芳榭”，写初春的美景。面对如此美好的景致，词人不由发出了“运神功、丹青无价”的感叹。

王国维在《人间词话》中说“一切景语皆情语也”，这首词上阕的写景为下阕中人物的出场创造一种美好的景物氛围，借以传达作者内心的喜悦之情。

下阕写新进士宴游场面。“别有”使词作很自然地过渡至下阕，也使上下阕的感情融成一片。在美丽如画的初春景色中，“新郎君、成行如画。”他们骑在马上，整齐地排成一行，个个风度俊美，气宇轩昂，就像画中人一样。词写至此，人美景美，相得益彰。

“杏园风细，桃花浪暖，竞喜羽迁鳞化”，是用拟人化的手法，写汴京琼林苑内微风习习，河水猛涨，仿佛在为这些人高中进士而欢喜。而喜得功名的新进士们，更掩饰不住内心的喜悦之情。

“遍九陌、相将游冶。骤香尘、宝鞍骄马”，描写进士出了琼林苑后又结伴在京城内策马奔驰，各处游玩，所到之处扬起了阵阵香尘。下阕把登第者的得意情态描写得淋漓尽致。

这首词以初春气象描写心中欣喜的情绪，用字华丽，用词典雅，颇具传神效果，宛如一幅画面极生动的新进士宴游图。

◎轶闻异物录

殿试

科举制度中由皇帝亲发策问，在殿廷上举行的考试，也称“殿试”，又称御试。其制始于唐武则天时，金、元、明、清四代科举考试沿用。

殿试为科举考试中的最高一段。殿试只考策问。在明清时，应试者自黎明入，历经点名、散卷、赞拜、行礼等礼节，然后颁发策题。殿试时间只一天，日暮交卷。至阅卷日，分交读卷官八人，每人一桌，轮流传阅，各加“○”“△”“\”“1”、“×”五种记号，得“○”最多者为佳卷，最后选○最多的十本进呈皇帝，钦定御批一甲第一、二、三名即为状元、榜眼、探花，一甲三人称“进士及第”，又称“三鼎甲”。二甲称“进士出身”，三甲赐“同进士出身”，二、三甲的第一名都称“传胪”。

最后由填榜官填写发榜。一甲三人立即授职，状元授翰林院修撰，榜眼、探花授翰林院编修。二、三甲进士如欲授职入官，还要在保和殿再经朝考次，综合前后考试成绩，择优入翰林院为庶吉士，即俗称的“点翰林”，其余分发各部任主事或赴外地任职。

诉衷情近·雨晴气爽[①]

雨晴气爽，伫立[②]江楼望处[③]。澄明[④]远水生光[⑤]，重叠[⑥]暮山耸翠。遥认断桥[⑦]幽径[⑧]，隐隐渔村，向晚[⑨]孤烟起[⑩]。

残阳[⑪]里。脉脉[⑫]朱阑[⑬]静倚。黯然[⑭]情绪，未饮先如醉。愁无际[⑮]。暮云过了，秋光老尽[⑯]，故人千里。竟日[⑰]空凝睇[⑱]。

◎注释

①雨晴气爽：雨过天晴，秋高气爽。

②伫立：长时间地站立。

③望处：所见之处。

④澄明：清澈明净。

⑤生光：发出光辉。

⑥重叠：（相同的东西）一层层堆叠。

⑦断桥：桥名。在今浙江省杭州市孤山旁，以孤山道路至此而断，故名。此处不一定特指西湖的断桥。

⑧幽径：僻静的小路。

⑨向晚：临近晚上。

⑩起：升起。

⑪残阳：将落的太阳。

⑫脉脉：默默地用眼神或行动表达情意的样子。

⑬朱阑：同“朱栏”，朱红色的围栏。

⑭黯然：情绪低落、心情沮丧的样子。

⑮无际：无边、无涯。

⑯老尽：衰竭。

⑰竟日：终日，整天。

⑱ 凝睇：凝视，注视，目不斜视。

◎译文

雨过天晴，秋高气爽，登上江边楼台眺望，目光所及，清澈明净的江水发出光辉，暮色之下，山峦重重叠叠，一片苍翠；眺望中渐渐辨认出西湖断桥、僻静的小路、若隐若现的渔村以及傍晚时分远处独起的炊烟。

夕阳中，我静静地独自倚靠着栏杆，情绪低落，未曾饮酒好像已经醉了。离别的忧愁无边无际。黄昏的彩云已经飘过去了，秋日将尽，故人远隔千里，我无奈地整日白白凝睇不语。

◎创作背景

这首《诉衷情近》创作时间约在宋仁宗元年至二年（1032 年—1033 年）左右，应该是柳永考中之前，漫游江南水乡时所作的一首思念京都故人的词作。词中“雨晴气爽”说明此词作于秋季。

◎赏析

这首词通过对凄美动人的秋景描写，表达了词人对旧情的思念，哀婉而感人。

上阕描写江南水乡傍晚的秋景，寂寥凄清。

“雨晴气爽，伫立江楼望处”，总写登楼远眺。先以“雨晴气爽”描写舒适清新的环境气氛，也暗指时值秋季；再以“江楼”“伫立”而“望”则展现了一个在江楼上长久地孤独默立、凝望远方的词人形象。

“澄明远水生光，重叠暮山耸翠”，从大处落笔，前句写江，写出了秋水清澈，澄静如练的特征；后句写山，突出了层峦叠翠、高耸入云。“远”字展现了江水逶迤远去的景象，画面一下开阔起来；“暮”字为景物涂上了苍茫的背景，点出整幅画面的意境。

“遥认断桥幽径，隐隐渔村，向晚孤烟起”，进一步描绘江上秋晚的景色。“遥认”拉开了人与景的距离，使景物显得远而小，增加了画面的纵深感。“断桥”“幽径”“渔村”“孤烟”，这些衰残的意象，渲染出荒凉寂寥、凄清冷落的气氛，为下阕悲秋伤别作了铺垫。

下阕抒发对京都故人的怀念之情。“残阳”的意象承上启下，转入抒情。由“脉脉朱阑静倚”转入思索，“黯然情绪”“未饮先如醉”——无际的离愁已使人“未饮先如醉”了。“醉”字表现了愁情的深沉、浓烈而不能自拔的状态。“愁无际”又对“醉”作了进一步的补充描写。“暮云过了，秋光老尽，故人千里”，点出了词的主题：迟暮悲秋、异乡怀人。这也是引起作者的“黯然情绪”的直接原因。

“竟日空凝睇”，寄托了对“故人”的思念。“凝睇”又与开头的“江楼”伫望首尾呼应，浑然一体；“空”字又表现了词人明知无望，却仍然对“故人”一片痴情。

这首词意群之间互相照应，互相映衬；脉络清晰，结构谨严而完整；语言雅而不俗，笔调洒脱而自如。

◎轶闻异物录

断桥

断桥，位于杭州北里湖和外西湖的分水点上，一端跨着北山路，另一端接通白堤。

据说，断桥之名得于唐朝。唐朝诗人张祜的《题杭州孤山寺》一诗中就有“断桥”一词。其名由来，一说是孤山之路到此而断，故名；一说是原名段家桥的简称，谐音为断桥；一说是古石桥上建有亭，冬日雪霁，桥阳面冰雪消融，桥阴面仍然玉砌银铺，从葛岭远眺，桥与堤有断之感，得名“断桥残雪”。也有人说，南宋王朝偏安一隅，画家取残山剩水之意拟出了桥名和景名。

“断桥残雪”是西湖十景之一。断桥位于白堤东端，南宋时又名宝祐桥，也称为段家桥。桥畔有“云水光中”水榭和断桥残雪碑亭。

八六子·如花貌[①]

如花貌。当来[②]便约，永结同心[③]偕老。为妙年、俊格[④]聪明，凌厉[⑤]多方怜爱[⑥]，何期养成心性近[⑦]，元来[⑧]都不相表[⑨]。渐作分飞[⑩]计料[⑪]。

稍觉因情[⑫]难供[⑬]，恁[⑭]（nèn）殛（jí）恼[⑮]。争克[⑯]罢[⑰]同欢笑。已是断弦尤续[⑱]，覆水难收[⑲]，常向人前诵谈[⑳]，空遣时[㉑]传音耗。漫悔懊。此事何时坏了。

◎注释

① 如花貌：形容美人的容貌如花朵一样美丽。

② 当来：原来，起初。

③ 永结同心：夫妻关系和谐，相濡以沫，家庭和睦。

④ 俊格：俊俏，漂亮。格：语助词，无实意。

⑤ 凌厉：本指勇往直前，气势猛烈，这里是爽朗无拘的意思。

⑥ 多方怜爱：各个方面关怀备至。

⑦ 心性近：性情浅薄浮躁。

⑧ 元来：同“原来”，表示发现原先不知道的情况。

⑨ 相表：即“相表里”的简写，意思是内外互相配合，共为一体。

⑩ 分飞：分别，分离。

⑪ 计料：打算。

⑫ 情：感情。

⑬ 供：维持。

⑭ 恁：如此。

⑮ 殛恼：急躁烦恼。殛，通“急”，急躁。

⑯ 争克：怎能。

⑰ 罢：停止，这里是忘记的意思。

⑱ 断弦尤续：古以琴瑟喻夫妻，故男子丧妻成为断弦，此处指情爱断绝。

⑲ 覆水难收：比喻事成定局，无法挽回。多用于比喻夫妻离异难以复合。

⑳ 诵谈：诉说。

㉑ 遣时：经常。

◎译文

你的容颜像花儿一般。当初我就和你约定，要与你相濡以沫，和你白头偕老。你当时青春年少，俊俏又聪明，有着爽朗无拘的性格，我在方方面面对你关怀备至，未料使你性情浅薄浮躁，原来你竟表里不一。所以有了与你分离的打算。

稍稍觉得我们的感情难以维持，我就如此急躁烦恼。怎能忘记那些欢乐时光呢。但如今我们已是情爱断绝，难以复合。你常常向别人述说这些事，又时常传递消息。我却白白地悔恨懊恼。不知我们的感情何以到如此地步？

◎创作背景

这首词应为柳永第一次离京不久之后创作的。根据词中内容，应为柳永忆妻之作。具体创作时间待考。

◎赏析

这首词描写柳永和妻子感情分裂后的回思和反省，在记述这段爱情经历的同时，又抒发着内心的惋惜之情。

上阕写词人与妻子发生矛盾的过程。“如花貌”写妻子的美貌，看来词人的妻子是一位非常漂亮的女子。“当来便约，永结同心偕老”，这是当初见面定情的誓言，两人曾约定，要永结同心，白头偕老。接下来，写词人的重情，妻子“为妙年”“俊格聪明”，但性格“凌厉”，柳永对她“多方怜爱”。词写到这里，柳永夫妻之间的恩爱生活便写完了。这本是神仙眷侣般的生活，然而却藏有隐患。

“何期养成心性近，元来都不相表”，柳永在此转笔写妻子心性与原来不一样了。这里用了“养成”一词，是说妻子的这种心性是婚后养成的。这说明柳永在责怪妻子的同时也在责怪自己，因为自己的“多方怜爱”才导致妻子的不良“心性”的形成。尽管如此，两人的矛盾似乎已不可调和，“渐作分飞计料”，已经有了分手的打算了。

下阕写词人与妻子分开之后，渐渐感觉后悔。

“稍觉因情难供，恁殛恼”，接上阕写发生矛盾之后的心态，即词人因为爱情难以维持而急恼。然而接下来，“争克罢同欢笑”词笔一转，以反问的语气说自己怎能忘记之前一起有过的欢笑。

“已是断弦尤续，覆水难收”，进一步以“断弦”和“覆水”两句俗语写两人的爱情已无法挽回。如此反复，生动地写出了词人心理的曲折心路。

“常向人前诵谈，空遣时传音耗”，转写妻子，说妻子常常向别人述说两人曾经的往事，且又时常寄信过来，两人似乎都有悔意。

“漫悔懊。此事何时坏了”，词人反省思索这段感情究竟因何变成了这样不可收拾的地步？

全词一步一进，一句一转，真实、自然，用世俗化的语言，平民化的内容，平常人的情感，极富有生活气息。

◎轶闻异物录

词牌·八六子

八六子，词牌名，又名“感黄鹂”。以杜牧《八六子·洞房深》为正体，双调九十字，前段九句四平韵，后段八句三平韵。另有双调九十一字，前段六句三平韵，后段十一句六平韵；双调八十八字，前段六句三平韵，后段十一句五平韵等变体。

宋洪迈《容斋四笔》：“少游《八六子》词云：‘片片飞花弄晚，濛濛残雨笼晴，正销凝，黄鹂又啼数声’，语句清峭，为名流推激。予家旧有建本《兰畹曲集》，载杜牧之《八六子》一词，但记其末句云：‘正销魂，梧桐又移翠阴’，秦公盖效之，似差不及也。”《词谱》卷二十二：“秦观词有‘黄鹂又啼数声’句，又名《感黄鹂》。”

清人杜文澜指出：“八六子调始于杜樊川，宋人效之。其调后半至三十一字始协韵，初疑有误，历考宋词，始知定格如是。此三十一字中，上十七字以一字领调，以十六字作四偶句。下十四字以二字领调，以十二字作偶联。疑调名八六子，或即因此两偶联也。”

早梅芳·海霞红[①]

海霞红，山烟翠。故都[②]风景繁华地。谯门[③]画戟[④]，下临万井[⑤]，金碧楼台相倚。芰荷浦溆[⑥]，杨柳汀洲[⑦]，映虹桥[⑧]倒影，兰舟飞棹[⑨]（zhào）。游人聚散，一片湖光里。

汉元侯[⑩]，自从破虏征蛮，峻陟[⑪]枢庭[⑫]贵。筹帷厌久，盛年昼锦[⑬]，归来吾乡我里。铃斋少讼[⑭]，宴馆多欢，未周星[⑮]。便恐皇家，图任勋贤[⑯]，又作登庸[⑰]计。

◎注释

①海霞红：红色的朝霞映照在湖水上。

②故都：指杭州。五代时吴越王钱镠在此建都。

③谯门：古时建在城门上用以瞭望的楼。

④画戟：古代一种格斗冷兵器，多用于步兵和骑兵，在戟杆一端装有金属枪尖，一侧有月牙形利刃通过两枚小枝与枪尖相连，可刺可砍。

⑤万井：千家万户。

⑥浦溆：水边。

⑦杨柳汀洲：指长满了杨柳树的汀洲。汀和洲均指水中的陆地。

⑧虹桥：状若霓虹的拱桥。

⑨兰舟飞棹：兰舟，船的美称。棹：船桨的别名。飞棹，是指飞快地划动船桨，喻船行甚速。

⑩元侯：诸侯中地位最高的人。此颂扬地方官地位显赫。

⑪峻陟：威严地登上。

⑫枢庭：枢府，政权的中枢，宋代多用以指枢密院。

⑬昼锦：白天穿锦绣服装，以示炫赫。

⑭铃斋少讼：铃斋，即铃阁，将帅或州郡长官办事的地方。少讼：

本意是很少有官司公案需要处理，这里则指退居田园就不必再为国事操心费力了。

⑮ 周星：岁星。岁星十二年在天空循环一周。

⑯ 图任勋贤：计划任用功臣贤人。

⑰ 登庸：举用。

◎译文

红色的朝霞映照在湖水上，山峦青翠，烟雾笼罩。杭州是风景秀丽的繁华之地。谯楼城门上画戟整齐排列，下临百姓房舍，金碧辉煌的楼台相连。水边荷叶菱角，水边杨柳，水面上倒映着拱桥的身影，小舟飞快地前行，游人聚集在一片湖光山色里。

您犹如当年首功封侯的张既，征讨成功后，被提升入枢密院。厌恶久在军中，壮年时在白天穿锦绣服装，回到故乡知杭州太守。身居铃斋清静悠闲，不必再操劳国事，游冶之所多欢乐，未到一年，便唯恐朝廷又要启用有功劳的贤能之士，又征召您去朝廷做官啊！

◎创作背景

这首词是宋仁宗皇佑五年（1053）柳永去世前不久写给孙沔的投献词。孙沔当时任知杭州任知，而暂居润州的柳永不久前刚以工部屯田员外郎致仕，此时，柳永正在病中，希望孙沔能让他到杭州叶落归根，故永献词给孙沔。但孙沔不久被朝廷勒令致仕（退休）没能帮上柳永，令人遗憾的是柳永还没有得到孙沔的答复就病逝于润州。所以，这首词大概是柳永的绝笔词。

◎赏析

这首词属投献词，表夸谀之意，词中所展现的杭州社会生活图景、自然风光的确是北宋前期“承平气象”的真实写照。

上阕描写了杭州城的繁华和西湖的景美。从“贡谀”的角度说，上阕只是作为背景与陪衬，但若从描写都市生活的角度说，上阕正是词的精华。

“海霞红，山烟翠。故都风景繁华地”，先从大处落笔，以自然界中的烟霞来渲染气氛，境界阔大，色彩艳丽。“故都风景繁华地”总写杭州，把“繁华”的杭州置于“海红霞，山烟翠”的大背景中，就像镶嵌在这幅美丽画面上的一颗璀璨的明珠。

“谯门画戟，下临万井，金碧楼台相倚”，写城门上望楼高高耸立，画戟尽显威仪，杭州城内人烟繁阜，市容严整，建筑华美。

“芰荷浦溆，杨柳汀洲，映虹桥倒影，兰舟飞棹。游人聚散，一片湖光里”，写城外的山光水色，美不胜收。

下阕转笔颂扬镇杭之官的事功人品。可分为三个层次。一写征战立功：“汉元侯，自从破虏征蛮，峻陟枢庭贵”；二写衣锦还乡：“筹帷厌久，盛年昼锦，归来吾乡我里。铃斋少讼，宴馆多欢，未周星”；三写政绩卓著，并预祝升迁：“便恐皇家，图任勋贤，又作登庸计”；写得舒徐有致，雍容闲雅。

整首词写景的视角由远及近，自上而下，笔触也随之由阔大旷远而至精细俊美，使自然景观与人文景观相谐相映，可谓物境人事，动静结合，一气呵成，是柳永词中极具审美价值的作品。

◎轶闻异物录

枢密院

枢密院，是封建时代中央官署名，萌芽于唐朝中后期，鼎盛于五代。唐代宗始设枢密使，掌文书，以宦官任之。后唐改称枢密院，枢密使辅佐宰相,分掌军政。宋代设枢密院与“中书”分掌军政大权,号称“二府”。辽代按南北面官设北枢密院和南枢密院。元代，枢密院主管军事机密事务、边地防务、并兼禁军。明代,朱元璋废之,改设大都督府统军。枢密院的设置削弱了相权，加强了皇帝对军权的直接控制。

凤归云·向深秋[1]

向深秋，雨馀[2]（yú）爽气[3]肃西郊。陌上夜阑，襟袖[4]起凉飙[5]。天末[6]残星，流电[7]未灭，闪闪隔林梢。又是晓鸡声[8]断，阳乌[9]光动，渐分山路迢迢[10]。

驱驱[11]行役[12]，苒苒[13]光阴，蝇头利禄，蜗角功名[14]，毕竟[15]成何事，漫[16]相高[17]。抛掷云泉[18]，狎玩尘土[19]，壮节[20]等闲[21]消。幸有五湖烟浪，一船风月[22]，会须[23]归去老渔樵[24]。

◎注释

① 向深秋：到了深秋时节。

② 雨馀：雨后。馀，同“余”，古文中用“余”字意义出现混淆时，用“馀”以区分。

③ 爽气：凉爽的空气。

④ 襟袖：衣襟衣袖。

⑤ 凉飙：凉风。

⑥ 天末：天边，天尽头。

⑦ 流电：流星的光芒。

⑧ 晓鸡声：早上鸡叫的声音。

⑨ 阳乌：太阳。神话传说中在太阳里有三足乌，因此以阳乌为太阳的代称。

⑩ 迢迢：指道路遥远。

⑪ 驱驱：奔走辛劳。

⑫ 行役：指因服兵役、劳役或公务而出外跋涉，后泛称行旅、出行。

⑬ 苒苒：相当于“荏苒”，时光渐渐逝去。

⑭ 蝇头利禄，蜗角功名：意思是功名利禄微不足道。蝇头，苍蝇

的头，比喻微小。蜗角，蜗牛的触角，比喻微小的地方。

⑮ 毕竟：到底；终归。

⑯ 漫：徒然。

⑰ 高：夸耀，赞美。

⑱ 云泉：指隐士所居的地方。

⑲ 狎玩尘土：游戏官场。狎玩：戏弄。尘土：指尘世间，此喻官场。

⑳ 壮节：壮烈的节操。

㉑ 等闲：随便。

㉒ 幸有五湖烟浪，一船风月：用春秋时范蠡与西施的故事。吴越争霸，相传越灭吴后，灭吴有功的范蠡挂冠归隐，携西施泛游五湖。后泛指归隐江湖。

㉓ 会须：定要。

㉔ 老渔樵：即老于渔樵，以捕鱼、打柴而终老，指过归隐的生活。

◎译文

深秋时节，雨后的西郊空气凉爽景物肃杀。黑夜将尽，走在小路上，衣袖生起阵阵凉风。天的尽头星星将落，流星在树梢那边闪现光芒。早上鸡鸣声起，太阳也慢慢升起，遥远的山路渐渐明晰。

为公务而奔走辛劳，时光渐渐逝去，只是为那不足挂齿的蝇头利禄，微不足道的蜗角功名，到头来一事无成，徒然自夸耀。抛掷云山泉石的归隐，戏弄于尘世，将壮烈的节操轻易消亡。幸好可像范蠡携西施一样，在似云涛的烟浪里，驾乘满载风情的扁舟泛游五湖，是已到应当归去终老隐居的时候了。

◎创作背景

柳永及第后，为官务公事奔走在外，写下了许多羁旅行役词。这首《凤归云》就是其中之一，根据词中所述，明显表示出他对官场的厌恶和对隐居生活的向往，所以此词应是其晚年所作。具体创作时间待考。

◎赏析

这是一首描写羁旅行役感慨的词，表达了词人对官场的厌恶和对归隐生活的向往之情。

上阕写破晓时分词人行走于乡间小路所见之景。

“向深秋，雨馀爽气肃西郊”，既点明时令已是深秋时分，又交代了地点是城西郊外。“爽”“肃”把深秋雨后给人带来的寒冷和肃杀的感觉传达了出来，使人仿佛嗅到了凉爽的空气，感受到了雨后的阵阵寒意。

“陌上夜阑，襟袖起凉飙”，词人走在小路上，夜已阑珊，黑夜将要过去，白天就要来临。破晓时分是一天中气温较低的时候。李煜曾言“罗衾不耐五更寒”（见《浪淘沙令·帘外雨潺潺》），是说薄薄的罗衾挡不住五更晨寒的侵袭，而对于一个正奔走在夜间破晓的征途中的行客，其寒更甚，词人的辛苦与辛酸已暗含在其中。“飙”是强大的风，这样的风吹进衣襟两袖之中的感觉是很难耐的。

“天末残星，流电未灭，闪闪隔林梢”，天边挂着几点残星，还有一颗正在陨落的流星，带着闪烁的光芒，在树林那边沉没了。这样真切的描写与形容，如果没有亲身经历是写不出来的。

“又是晓鸡声断，阳乌光动，渐分山路迢迢”，破晓的鸡叫声已经唱过，山的那一边已隐隐有旭日的光影出现，渐渐可以分辨出山中漫长而崎岖的小路。“又是”表明了词人在路上这样地奔走已经不是一天了，其旅途生涯的艰辛由此可知。“渐”字使太阳光影的出现有了流动之感，时间上有了过程之感。“迢迢”形容路程的遥远和不可知，也暗含对未来前程不可预料的渺茫之感。

下阕表现了词人对官场的厌恶和对归隐生活的向往之情。

“驱驱行役，苒苒光阴，蝇头利禄，蜗角功名，毕竟成何事，漫相高”，一气呵成，似一声压抑太久的呐喊冲口而出；又像是自诘之语一吐为快，感情激越，发人深省。“驱驱”形象地表现行客在路途中辛苦跋涉的状态，这也是柳永一生中凄凉状态的一个形象写照。对于柳永这样一个心高气傲、有着极高理想志意的人来说没有比美好年华消逝在路途的奔波上更让他痛苦的了。而这种“驱驱行役”又是为了得到像“蝇头”“蜗角”般极其微小的“利禄”与“功名”。“毕竟成何事”写词人参透了仕途的真谛。“漫相高”以一个“漫”字将世人对功名利禄的夸耀一笔否定，并且把自己追求仕途而徒耗年华的悲慨深切地吐露出来。

下阕紧承上阕，自责自问后继以自悔：“抛掷云泉”写丢弃了山水之乐；“狎玩尘土”写流连于仕途，而自己当年的“壮节”——那些伟大的理想和抱负，就这么随随便便地消磨殆尽了。“壮节等闲消”，“壮”“闲”两相比照，情感抒发得沉痛哀婉。

“幸有”大自然的“五湖烟浪”，可以载着“一船风月”，去过“渔樵”一样自由自在的归隐生活。“会须”强调了词人此刻的决心。柳永的青年与中年，热衷于仕途的取进与世俗的享乐，并不曾真正归隐过。此时，由于仕途蹭蹬而生厌倦与反思之后，抒写归隐之志，还是十分真切可信的。

这首词语言真切、自然、精警，感情恣肆、直抒，使词人过去词中“春女善怀”的感情转变成了“秋士易感”，从而拓展了词的表现领域，由此也充分体现了柳永其人性情率真的特点和柳词的艺术价值及社会意义。

蜗角

蜗角,典故名,比喻微小之地。典出《庄子集释》卷八下《杂篇·则阳》:惠子引见戴晋人给魏王。戴晋人对魏王说:“有叫蜗牛的小动物,国君知道吗?”魏王说:“知道。”戴晋人说:“有个国家在蜗牛的左角,名字叫触氏,有个国家在蜗牛的右角,名字叫蛮氏,正相互为争夺土地而打仗,倒下的尸体数也数不清,追赶打败的一方花去整整十五天方才撤兵而回。”魏王说:“咦,那都是虚妄的言论吧?”戴晋人说:“让我为你证实这些话。你认为四方与上下有尽头吗?”魏王说“没有止境。”戴晋人说:“知道使自己的思想在无穷的境域里遨游,却又返身于人迹所至的狭小的生活范围,这狭小的生活范围处在无穷的境域里恐怕就像是若存若失一样吧?”魏王说:“是的。”戴晋人又说:“在这人迹所至的狭小范围内有一个魏国,在魏国中有一个大梁城,在大梁城里有你魏王。大王与那蛮氏相比,有区别吗?”魏王回答说:“没有。”戴晋人辞别而去,魏王心中不畅,怅然若有所失。

卜算子慢·江枫[1]渐老

江枫渐老，汀(tīng)蕙[2]半凋 diāo)，满目败红衰翠[3]。楚客登临[4]，正是暮秋天气，引疏砧[5](zhēn)，断续残阳里。对晚景，伤怀念远，新愁旧恨相继。

脉脉[6]人千里。念两处风情，万重烟水。雨歇天高，望断翠峰十二[7]。尽无言，谁会[8]凭高意？纵写得，离肠万种，奈归云[9]谁寄？

◎注释

①江枫：江边枫树。

②汀蕙：沙汀上的蕙兰。汀：水边平地，小洲。蕙：即蕙兰，兰花的一种，初夏开花，黄绿色，有香气。

③败红衰翠：指花朵凋谢、草木枯萎。

④登临：登山临水。

⑤疏砧：稀疏断续的捣衣声。砧：捣衣石。

⑥脉脉：指含情不语。

⑦翠峰十二：即巫山十二峰。

⑧谁会：谁能理解。

⑨归云：喻归思。

◎译文

江边的枫叶渐渐凋落，水洲的蕙草半已凋谢，满眼是花朵凋谢、草木枯萎的景象。我在楚乡作客，登高望远，正逢这样的暮秋时节。传来了稀疏的捣衣声，断断续续回响在残阳里。面对这傍晚景象，我心怀悲伤，思念远方的家人，新愁和旧恨，接连涌起。

相思之人隔断在脉脉千里之外。两处思念情怀，相隔千山万水。雨停云散天空高远，望不尽远处十二座苍翠山峰。无言相诉，谁会登高望远抒发心中的情意？纵然写得千万种分离的痛苦情思，无奈谁能驾驭行云寄去我的相思情书？

◎创作背景

根据词中所写的景物，这首词应是柳永宦游于湖南时所作。具体创作时间有待考证。

◎赏析

这首词是摹写羁旅行役和离情别绪的佳作。全词以真挚、浓厚的情意和流利的笔触，描写了游宦异乡的旅客在暮秋时节登高怀人的情事，抒发了异乡旅客对伊人的深切怀念和望而不见、传书无凭的凄苦情怀。

上阕以客观景物描写为主，奠定了凄清的基调，烘托出抑郁怀人的氛围。开始先描写秋景："江枫渐老，汀蕙半凋，满目败红衰翠"，整个画面呈现红和绿两种对比色。"败红"是"渐老"的"江枫"，"衰翠"是"半凋"的"汀蕙"，而"满目"则举枫树、蕙草以概其余，说明时节已到了深秋，所以接写"楚客登临，正是暮秋天气"，引用宋玉《九辩》悲秋之意，用以点出登临，并暗示主题。

"引疏砧，断续残阳里"，续写所闻。秋色凋零，足已发生悲感，何况耳中又听到断断续续、稀稀朗朗的碪杵之声在残阳中回荡。古代妇女，每逢秋季，就用碪杵捣练，制寒衣以寄在外的征人。所以在他乡作客的人，每闻碪声就生旅愁。这里也是暗寓词人自己长期漂泊，有"伤怀念远"之意。"暮秋"是一年将尽，"残阳"则是一日将尽，都是"晚景"。"对晚景，伤怀念远，新愁旧恨相继"，说明这种“伤”和“念”并非偶然触发，而是本来心头有“恨”，见景才生“愁”。“旧恨”难忘，“新愁”又起，故曰“相继”。

下阕承接上阕直接抒写相思之情状。“脉脉人千里。念两处风情，万重烟水”，接上阕的“愁”，直写愁恨之由。“脉脉”用《古诗十九首》:“盈盈一水间，脉脉不得语”之意。“两处风情”回应“脉脉”;“万重烟水”回应“千里”，绘出词人与伊人远隔千里，山水重重，两相怀念的情状。

“雨歇天高，望断翠峰十二”，不但是写登临时天气的实况，而且补出了红翠衰败乃是风雨所致。“望断翠峰十二”既是写实，又是寓意，不但暗抒了相思之情，而且暗示了所思之人。

“尽无言，谁会凭高意”，进一步描写“凭高”之意，无人可会，唯有默默无言而已。“凭高”呼应“登临”，并总结以上情景:“无言”“谁会”是呼应“脉脉人千里”。凭高念远，已是堪伤，何况又无人可诉此情，无人能会此意呢?

“纵写得，离肠万种，奈归云谁寄”，贵说“此意”既然此时此地无可诉、无人会，那么这“离肠万种”就只有写信寄了。可是，纵然写了，但远隔万水千山，那又怎么能寄去?托谁寄去呢?一种无可奈何之情千回百转而出，有很强的感染力。“奈归云”是写无人寄书之意。

这首词在艺术表现上主要是用衬托、渲染的手法写出了宛转往复的情思。上阕，取正衬的手法，以苦景写悲怀，同时又将凄怨之情灌注到客观地景物中去，以悲写悲，渲染烘托出浓烈的悲苦气氛；下阕写出了词人感情上的波澜起伏，采取了总起总收、间以分述的笔法，以使感情的抒发层层递进，步步加深，达到了较高的艺术境界和水平。

捣衣石

捣衣石又名“女须砧”。相传屈原的母亲死得很早，比屈原大 10 岁的姐姐女须对他百般疼爱。女须是一位贤德的女性，对屈原深怀姊弟之情，从小便由她取代了母爱。屈府虽然有若干佣人，但女须有时都要亲手给屈原洗衣。捣衣石是女须给屈原洗过衣裳的地方，遗址在秭归东北方向的女须庙前，捣衣溪畔，与濯缨泉隔溪相望。袁山松《宜都山川记》说:“屈宅之东北六十里有女须庙，捣衣石犹存。”实迹于今已难寻觅。谭光沛《吟女须》诗:“秭归永固溯开基,千古著名数女须。贤德由来传淑训,婵媛非是表芳姿。捣衣溪畔砧仍旧,照面井中月上时。昔日绣花当此际，锦文满幅夜迟迟。”

柳永大事记

1. 宋太宗雍熙四年（984年），一岁柳永父亲柳宜任沂州费县（今临沂费县）县令，柳永在其父任上出生。
2. 宋太宗淳化元年（990年），柳永七岁，其父柳宜调任东京上书，柳永随父在宋京都汴京（今开封）。
3. 宋太宗淳化五年（994年），十一岁。其父柳宜以赞善大夫调往扬州（今江苏扬州），柳永随往，习作《劝学文》。
4. 宋太宗至道三年（997年），十四岁，其父柳宜屡迁至国子博士，命其弟携画像前往故里崇安（今福建省武夷山市人民政府所在地），以慰家母思念，柳永随叔归乡。
5. 宋真宗咸平元年（998年），十五岁，柳永居家乡，游览名胜中峰寺，作诗《题中峰寺》。
6. 宋真宗咸平四年（1001年），十八岁，柳永在家乡由家人做主娶妻结婚。
7. 宋真宗咸平五年（1002年），十九岁，柳永计划进京参加礼部科考，由钱塘入杭州，因迷恋湖光山色、都市繁华而滞留杭州，沉醉于听歌买笑的浪漫生活中。
8. 宋真宗咸平六年（1003年），二十岁，柳永欲结识杭州知府孙何，因孙何门禁甚严，柳永作《望海潮·东南形胜》前往拜谒。此词一出，即广为传诵，柳永因此词名噪一时。
9. 宋真宗大中祥符元年（1008年），二十五岁，柳永进入京都汴京（今开封）准备参加春闱科考。时帝都承平日久，繁华极盛，柳永赋辞记录帝都汴京的风情和承平气象。
10. 宋真宗大中祥符元年（1009年），二十六岁，柳永在汴京备春闱科考。踌躇满志的柳永自信“定然魁甲登高第”，不料是年正月真宗下诏：“读非圣之书，及属辞浮靡者，皆严谴之。”

柳永初试落第，愤慨之下作《鹤冲天·黄金榜上》，发泄对科举的牢骚和不满，但对试举仍抱希望。

11. 宋真宗大中祥符八年（1015 年），三十二岁，柳永在汴京第二次参加礼部考试，再度落榜。此时柳永与歌女虫娘关系出现裂痕，遂作词《征部乐·雅欢幽会》，抒发失意兼失恋的苦闷心绪。

12. 宋真宗天禧二年（1018 年），三十五岁，柳永在汴京第三次参加科考，第三次落榜，而其长兄柳三复及进士第。

13. 宋仁宗天圣二年（1024 年），四十一岁，柳永在汴京第四次应试，第四次落第，愤而离京，同时与情人虫娘离别，作著名《雨霖铃·寒蝉凄切》词。而后由水路一路南下，填词为生，词名渐盛。

14. 宋仁宗天圣七年（1029 年），四十六岁柳永返回汴京。京都繁华依旧，但词人故交零落，物是人非，触目伤怀，柳永再次离开京都，前往西北漂泊。

15. 宋仁宗明道年间（1032 年—1033 年），四十九岁至五十岁，柳永漫游陕西渭南，作著名的《八声甘州·对潇潇暮雨洒江天》；后至成都，出成都后又沿长江向东，过湖南、抵鄂州（今湖北鄂州市），一路漂流。

16. 宋仁宗景祐元年（1034 年）春，五十一岁，宋仁宗亲政，特开恩科，对历届科场沉沦之士的录取放宽尺度，柳永正好符合“曾五举年五十”的条件。闻讯，柳永即由鄂州赶赴汴京参加恩科考试，并于途中写下了《轮台子》。春闱科考，柳永与其兄柳三接同登进士榜。柳永授睦州（今杭州淳安）团练推官。暮年及第，柳永喜悦不已，改原名柳三变为柳永。是年二月，柳永由汴京至睦州，途经苏州，时范仲淹知苏州，柳永遂前往拜谒，并作词进献。九月，睦州知州吕蔚爱慕柳永才华，向朝廷举荐，因“未有善状”受阻。

17. 宋仁宗景祐四年（1037 年），五十四岁，柳永调任余杭县令（今浙江余杭），抚民清净，深得百姓爱戴。

18. 宋仁宗宝元二年（1039 年），五十六岁，柳永调任浙江定海晓峰盐监，作《煮海歌》，对盐工的艰苦劳作予以深刻描述。因柳永为政有声，被称为“名宦”。

19. 宋仁宗庆历三年（1043 年），六十岁，调任泗州（今江苏淮安盱眙境内）判官。时年柳永任为地方官三任九年，且皆有政绩，按宋制，理应磨勘改官，但未成行。柳永因“久困选调”，遂有“游宦成羁旅”之叹。秋，柳永进献新词《醉蓬莱·渐亭皋叶下》，因有“太液波翻”等语，不合圣意，改官投诉无果而终。八月，范仲淹拜参知政事，颁行庆历新政，重订官员磨勘之法。柳永申雪投诉，改为著作佐郎，授西京灵台山令（河南洛阳）。

20. 宋仁宗庆历六年（1046 年），六十三 63 岁，转职调汴京任著作郎。

21. 宋仁宗皇祐元年（1049 年），六十六岁，转职调润州（今江苏镇江）任太常博士。

22. 宋仁宗皇祐二年（1050 年），六十七岁，改润州太常博士为屯田员外郎，遂以此致仕，定居润州，后人称其为”柳屯田“。

23. 宋仁宗皇祐五年（1053 年），在润州辞世，终年近七十岁，在当时年代可谓长寿。

24. 二十二年后，柳永之子柳涗任职镇江，将其父安葬于北固山，山后，唯有长江之水，无语东流。

[备注]:

1. 因史书上没有明确记载柳永出生年月，依据柳永在宋仁宗景祐元年（1034 年）春，宋仁宗亲政，特开恩科，对历届科场沉沦之士的录取放宽尺度，柳永正好符合“曾五举年五十”的条件推断，柳永出生年代应该是其父柳宜任费县县令时期。

2. 古人多以虚岁计算年龄，柳永大事记中的年龄就是按照他出生时的年份为一岁计算，如果按照现代人计算周岁的年龄算法，柳永去世就是六十九岁。